三國志選譯

陳壽　著
劉琳　譯注

商務印書館

三國志選譯

作　者　陳　壽
譯　注　劉　琳
責任編輯　甘麗華
封面設計　涂　慧
出　版　商務印書館（香港）有限公司
香港筲箕灣耀興道三號東滙廣場八樓
http://www.commercialpress.com.hk
發　行　香港聯合書刊物流有限公司
香港新界大埔汀麗路三十六號中華商務印刷大廈三字樓
印　刷　永利印刷有限公司
香港黃竹坑道五十六至六十號怡華工業大廈三字樓
版　次　二〇一八年十一月第一版第一次印刷

ISBN 978 962 07 4576 8
Printed in Hong Kong

本書由江蘇鳳凰出版社有限公司授權出版

前言

一

西晉史學家陳壽所寫的《三國志》是一部記載三國歷史的著名史書，後人把它列為「正史」，是「二十四史」中的第四種。

三國是繼兩漢之後的一個分裂割據時代。東漢中期以後，中央政權主要由宦官和外戚集團輪流控制。他們代表了封建統治階級中最腐朽的勢力，殘酷地對人民進行剝削壓迫，而彼此之間又爭權奪利，互相殘殺。其中尤以宦官專權為害最大。他們「手握王爵，口含天憲」，兄弟姻戚，宰州臨郡，貪婪橫暴，無惡不作，弄得政治黑暗，民不聊生，激起各族人民不斷起來反抗。一些比較正直的官僚士人也對宦官外戚的專橫不滿，起來主持「清議」，批評朝政，卻遭到壓制甚至殺戮。漢靈帝中平元年（184）爆發了以張角為首的黃巾大起義，震撼全國。雖然黃巾軍主力很快被東漢王朝鎮壓下去了，但黃巾餘眾在各地堅持了多年的鬥爭。黃巾起義給了封建統治階級沉重的打擊，使東漢王朝搖搖欲墜。

在階級矛盾十分尖銳的同時，統治階級的內部矛盾更加激烈。在鎮壓黃巾起義的過程中，各地官僚軍閥乘機擴張自己的勢力。在中央，外戚、大將軍何進圖謀誅滅宦官，並召并州牧董卓帶兵前來相助。結果何進反被宦官殺死，而司隸校尉袁紹又大殺宦官。董卓到京師洛陽後，憑藉武力把持了中央政權，廢少帝劉辯，立獻帝劉協。初平元年（190），袁紹、袁術、曹操及其他一些州牧郡守聯合起兵反對董卓。董卓挾獻帝西遷長安，後來被部下呂布殺死。此後，大大小小的封建軍閥各據一方，展開混戰，互相吞併。在北方，逐漸形成曹操、袁紹兩大勢力的對抗。曹操奉迎漢帝，挾天子以令諸侯；袁紹雄據河北，兵多糧足。建安五年（200），在著名的官渡之戰中，曹操擊潰袁軍主力。以後十餘年間，又北征烏丸，西定關隴，基本上統一了北方。在此之前，孫策於初平四年（193）南渡長江，數年之間，佔有江東。到他的弟弟孫權，更鞏固了孫氏在東南的統治。建安十三年（208），曹操南征荊州，原本力量弱小、在荊州依附劉表的劉備，用諸葛亮的計策，聯合孫權，在赤壁一戰中大敗曹軍，曹操退回北方。劉備在荊州取得立足之地以後，又西入益州，兼併劉璋，佔有西南地區。這樣，羣雄角逐發展為鼎立三分。

曹操死後，其子曹丕於公元 220 年廢掉漢獻帝，自稱皇帝，國號魏，三國時代正式開始。次年，劉備也在成都稱帝，承用漢朝國號，史稱蜀漢。公元 229 年，吳王孫權也即帝位，國號吳。至公元 263 年，魏滅蜀。265 年，司馬炎篡魏，建立晉朝，三國時代結束，中國大部分地區重歸統一。公元 280 年，孫吳也為晉所滅。

在中國兩千多年封建社會中，三國時代僅僅是一個短暫的割據時代，但是這一段歷史給中國老百姓留下的印象之深，卻超過其他朝代。這一時期的許多歷史人物，如曹操、諸葛亮、劉備、關羽、張飛、周瑜等等，可說是家喻戶曉，婦孺皆知。自宋元以來，各種文藝作品如小說、戲曲之類，涉及三國故事的不計其數，其中尤以元末明初羅貫中的講史體小說《三國演義》在人民羣眾中影響最大。《三國演義》中描寫的許多重大事件主要出自《三國志》和裴松之注，有一定的歷史依據；但在此基礎上，它又虛構了許多令人拍案叫絕的故事情節，比如桃園結義、過五關斬六將、草船借箭、借東風、三氣周瑜等等。如果通過《三國演義》來認識三國歷史，這種認識只能是真真假假，假多於真。要了解真正的三國歷史，必須讀《三國志》。直到現在，還有不少人把文藝作品中的三國故事當作歷史上的真事，把史書《三國志》和小說《三國演義》混為一談，所以我們有必要先作一點說明，然後再來介紹陳壽與《三國志》。

二

陳壽字承祚，巴西郡安漢縣（今四川南充市）人，生於蜀漢後主建興十一年（233），《晉書》和《華陽國志》有傳。他從小好學，曾拜著名史學家譙周為師。譙周學問淵博，著有《古史考》、《後漢記》等多種著作。在譙周的指導和影響下，陳壽攻讀《尚書》、《春秋》三傳，特別用功鑽研《史記》、《漢書》，這就為他一生的史學事業奠定了基礎。在蜀漢時曾當過東觀郎、祕書郎、黃門侍郎等官，由於不願諂附專權的宦官黃皓，多次被譴責貶黜。入晉之後，又因為他不注意遵守封建禮教，生病時使侍婢調製藥丸，受到鄉里貶議，好長時間沒能做官。後來由於著名學者張華的惜才辯護，被舉為孝廉，任著作郎，出補平陽侯相（相當於縣令），再任著作郎，轉治書侍御史。後因繼母去世而離職。他遵照繼母遺囑將她葬在洛陽，而沒有送回家鄉與父親葬在一起，因此又被人譴責。過了幾年才被起用為太子中庶子，但還未上任，就於晉惠帝元康七年（297）病死在洛陽，年六十五。陳壽為人正直，不趨從流俗，一生仕途坎坷，做官不超過六品，當時很多人為他感到委屈。

他的著作很多，共有二百餘篇（卷），主要是歷史著作。他廣泛搜集巴蜀漢中地區從漢代以來的人物事蹟，於晉初寫成《益部耆舊傳》十卷，材料豐富，是四川地方史的一部重要著作，受到後代重視，顯示了他的史才。在第一次任著作郎和任平陽侯相期間，他又受命收集整理諸葛亮的遺著和有關資料，於晉武帝泰始十年編成《諸葛亮集》（又稱《諸葛亮故事》），共二十四篇。他寫了一篇進書表，後來他把這篇表附錄在《三國志・諸葛亮傳》之後，在表中他對諸葛亮作了高度評價。

這兩部書的編寫為他寫《三國志・蜀志》打下了基礎。

晉武帝咸寧六年（280）平吳之後，陳壽開始收集三國史料，寫成《三國志》。這部書的完成大約在太康年間（280—289）。當時人稱讚他「善敍事，有良史之才」。夏侯湛正在寫《魏書》，看了《三國志》，便把自己寫的稿子毀了。陳壽死後，尚書郎范頵向晉惠帝上表推薦此書，說它「辭多勸戒，明乎得失，有益風化，雖文豔不若相如，而質直過之」。惠帝下詔於陳壽在洛陽的家中進行抄錄。

此外，陳壽還寫過一部《古國志》，共五十篇，《華陽國志》稱讚此書「品藻典雅」。可惜陳壽的上述著作，除了《三國志》外，都已失傳。

三

《三國志》共六十五卷，包括《魏書》三十卷、《蜀書》十五卷、《吳書》二十卷，後人又稱為《魏志》、《蜀志》、《吳志》。本書的體裁，上承《史記》、《漢書》、《東觀漢記》，採用紀傳體，但它只有紀、傳，而無表、志。志是典章制度的專史，最不好寫，大概陳壽收集的材料不足，所以沒有寫志。本書是一部斷代史，但他根據當時的具體情況，三國各自為書，可分可合，這也是一種創造。在陳壽之前，記述三國史事的史書，有魏郎中魚豢的《魏略》三十八卷，魏祕書監王沈的《魏書》四十四卷，吳侍中韋昭的《吳書》五十五卷，都是紀傳體。《三國志》的魏、吳部分，主要取材於以上三書。唯獨蜀漢，當時既沒有設置史官專修國史，也沒有私家撰述的蜀史①，因此陳壽寫《蜀書》，完全是他自己收集的材料。

陳壽對材料的處理，態度相當嚴謹審慎，這是本書一個很大的優點。清代學者趙翼在《廿二史劄記》中說：「其剪裁斟酌處，亦自有下筆不苟者。參訂他書，而後知其矜慎也。」例如《獻帝傳》載曹丕代漢時，有羣臣所上勸進表十一道，曹丕所下辭讓令也是十餘道，勸進是諛詞，辭讓是虛偽，所以陳壽一律不收。關於諸葛亮事蹟，文字記載和口頭傳說很多，陳壽在寫《諸葛亮傳》時作了謹慎選擇。如《魏略》說在荊州時，諸葛亮先見劉備，劉備以其年少而輕視他，亮說備以荊州客戶補兵，劉備才了解諸葛亮。這與《出師表》說「先帝不以臣卑鄙，三顧臣於草廬之中」不合，所以陳壽不取此說。又如後世傳為美談的「七擒孟獲」、「空城計」故事，大概當時已有這類傳說，晉朝人加以記載（見裴松之注引）；但「七擒七縱」事屬可疑，「空城計」事更與史實不合，因此陳壽一概摒棄。又《吳書・陸凱傳》後附錄陸凱諫孫皓的一篇表，陳壽特加說明：「予連從荊、揚來者得凱所諫皓二十事，博問吳人，多云不聞凱有此表。……虛實難明，故不著於篇；然愛其指擿皓事，足為後戒，故抄列於凱

❶陳壽有個朋友叫王崇，也是蜀人，與陳壽同仕於蜀、晉。他也寫過一部《蜀書》，但不知在何時，陳壽可能沒有看到。《華陽國志》說：「其書與陳壽頗不同。」

傳左云。」由此更可見陳壽處理史料的慎重。

陳壽記載史事，一般還能據實直書，如對魏、吳賦役繁重、刑政酷虐有不少揭露。對歷史人物的評價也還比較客觀公正。《晉書・陳壽傳》記載有一種說法，批評陳壽曾向丁儀、丁廙的兒子索米不遂，因此不為丁儀、丁廙立傳。又說陳壽的父親曾任馬謖的參軍，馬謖失街亭後被諸葛亮處以髡刑，因此陳壽對諸葛亮不滿，在《諸葛亮傳》中貶低諸葛亮，說「應變將略非其所長」。這兩條批評都是沒有根據的。丁儀、丁廙不過是曹魏時的一般文士，而且是公認的傾巧小人，《三國志》中不為他們立傳完全應該。對諸葛亮，陳壽是極其崇敬的，在《三國志》中他給予諸葛亮的讚譽超過其他任何人，包括曹操。他把諸葛亮與古代的賢相管仲、蕭何、召公、子產相媲美，而且特別稱讚他「終於邦域之內，咸畏而愛之，刑政雖峻而無怨者，以其用心平而勸戒明也」，這正說明他對諸葛亮並沒有私人怨恨。他指出諸葛亮「應變將略非其所長」，這恰恰是一種實事求是的態度，並非挾嫌貶損。

不過，《三國志》一書，在寫曹魏歷史時，確有不少曲筆。在三國之中，它以曹魏為正統。按照紀傳體的通例，帝王的傳稱為「本紀」或「紀」，臣下的傳稱為「傳」。《三國志》將曹操與曹丕以下諸帝的傳題為《武帝紀》、《文帝紀》等等；而對於蜀、吳三國君主，則稱為《先主傳》、《後主傳》、《吳主傳》等等。後世一些學者從封建正統思想出發，認為應以蜀漢為正統。從這種立場來指責《三國志》自不足取，但《三國志》的尊魏畢竟不是客觀公正的態度。當然陳壽的做法是可以理解的，因為晉朝的天下是從曹魏接過來的（實際上是奪過來的），否認魏為正統，也就否認了晉是正統，陳壽不能也不敢這樣做。同樣的道理，他在寫到涉及司馬氏的事的時候，也就不能不有所忌諱回護。《廿二史劄記》中專有〈《三國志》多回護〉一條，舉了很多例子。比如司馬師廢齊王曹芳，據《魏略》記載，郭太后事先並不知道。司馬師派人逼取皇帝璽綬，太后說：「我欲見大將軍（指司馬師），口有所說。」可見她是不贊成的。而《三國志·三少帝紀》記此事，反而全載司馬師一手炮製的所謂「太后令」，極言齊王無道不孝，證明齊王當廢。又如高貴鄉公曹髦痛恨司馬昭的專權，發兵討司馬昭。司馬昭的心腹賈充派成濟將他刺死，罪魁實是司馬昭。而《三少帝紀》對於這件事僅記載：「五月己丑，高貴鄉公卒。」不寫他是怎麼死的。以下又抄錄一大篇「皇太后令」，說高貴鄉公大逆不道，禍由自取。並載司馬昭的奏，表明司馬昭不但無罪，反而有功。這就完全顛倒了歷史。像這一類曲筆，確是《三國志》很大的缺點，但這也是幾乎所有封建史家的通病，特別是改朝換代之後，新朝初期的封建史家寫前朝歷史時的通病，不能獨責於陳壽。

《三國志》還有一個特點，就是簡潔。敍事精心裁擇，要而不繁；文字仔細推敲，質樸簡練。但另一方面，由於他刻意追求簡潔，也帶來兩個缺點：一是過分簡略，許多當收的重要史料沒有收（例如關於曹操屯田的資料），許多當立傳的重要人物沒有立傳（例如大醫學家張仲景、機械專家馬鈞，等等）；更不用說它只有紀傳而無志，這就大大影響了它的史料價值。二是文章缺少文采，不夠生動。清朝學者李慈銘說：「承祚固稱良史，然其意務簡潔，故裁製有餘，文采不足。當時人物，不減秦漢之際，乃子長（司馬遷）《史記》，聲色百倍，承祚此書，暗然無華。范蔚宗（范曄）《後漢書》較為勝矣。」這個評論是正確的。

總的來看，《三國志》不失為一部優秀的歷史著作。在「二十四史」當中，它雖比不上《史記》、《漢書》，也比不上《後漢書》，但勝於其他各史。因此後人將它同前三史並列，稱為「四史」，公認為「二十四史」中的上乘之作。

四

因為《三國志》對後世影響很大，所以後人為它作注的很多。其中最早也最有名的是劉宋史學家裴松之的注。裴松之（372—451）字世期，祖籍河東聞喜（今山西聞喜）。做過郡太守、國子博士、中書侍郎、太中大夫等官。他奉宋文帝的命令寫《三國志注》，元嘉六年寫成後上表說：「壽書銓敘可觀，事多審正，誠遊覽之園囿，近世之嘉史。然失在於略，時有所脱漏。臣奉旨尋詳，務在周悉，上搜舊聞，旁摭遺逸。……其壽所不載，事宜存錄者，則罔不畢取，以補其闕。或同説一事，而辭有乖雜，或出事本異，疑不能判，並皆抄內（納），以備異聞。若乃紕繆顯然，言不附理，則隨違矯正，以懲其妄。其時事當否及壽之小失，頗以愚意有所論辯。」這就是説，他的注有四條宗旨，即補缺漏、備異聞、懲謬妄、辯事實，而不是一般地解釋文字。為此，他旁搜博採，為《三國志》補充了大量重要的史料。裴注中所引用的書多達二百一十餘種，其中百分之九十以上今天已失傳，因此它有很高的資料價值。

清代以來，不少學者在整理研究《三國志》和裴注方面下了很大功夫。民國年間，學者盧弼匯集前人研究的成果，加上自己的心得，編成《三國志集解》一書，是目前最詳的《三國志》注本，解放後已出排印本。

有關《三國志》的普及讀物，以四川大學繆鉞教授主編的《三國志選注》（1984年中華書局版）最好。此書選文精當，注釋詳明，不僅適於具有中等文化的讀者閱讀，對專家學者也有參考的價值。

為了引起更多讀者對閱讀《三國志》的興趣，我們寫了這本《三國志選譯》，選譯了《三國志》中的紀、傳十篇。選文的標準，一是魏、蜀、吳三書各有一點；二是選擇政治、軍事、文學、科技等各方面較有代表性的、影響較大的人物；三是文章寫得比較生動，有一定故事性。本書的正文依據中華書局標點本《三國志》，只是對某些標點不當或分段不妥之處作了小的改動。文字校改符號仍為：訛誤或多餘的字用小字圓括號，正字或增補的字用大字方括號。各傳一般保持全篇，僅在幾處有所省略。為了幫助讀者理解正文與譯文，書中又作了簡明的注釋，凡前後互見者（特別是地名較多），只在前面作注，後文不再重複。

劉琳（四川大學古籍整理研究所）

目錄

武帝紀

這是《三國志》的第一篇，是一篇完整的曹操傳。在司馬遷開創的紀傳體史書中，皇帝的傳記稱為「本紀」，又單稱「紀」。它以編年的形式記述一代史事的概要，是紀傳體史書的綱領。

《三國志》以曹魏為正統，魏國皇帝的傳都稱「紀」。曹操雖然沒有當皇帝，但他是魏國的開國者，曹丕稱帝之後，追尊為武皇帝，廟號叫太祖，因此《三國志》把他的傳也稱為「紀」。曹操（155—220）是我國歷史上傑出的政治家、軍事家。他出生在一個宦官家庭，漢末起兵參與鎮壓黃巾軍、討伐董卓。後來在封建軍閥和割據勢力的混戰之中，他漸次掃平羣雄，特別是官渡一戰，擊敗袁紹；以後又北征烏丸，西定關隴，統一了中國北方。他一生南征北戰，東伐西討，大小數十戰，勝多敗少，充分體現了卓越的軍事指揮才能。在政治上，他抑制豪強，整頓吏治，不拘一格錄用人才。在經濟上，他興立屯田，發展農業生產。所有這些，使他對中國歷史的發展作出了較大貢獻。但在個人品格上，他心胸稍狹，生性殘暴，殺戮過甚，以至頗失人心。本篇記錄了曹操一生的主要活動，是我們了解曹操這位歷史人物和三國歷史的基本文獻。篇幅雖然長一點，但讀《三國志》不可不讀。不過本篇在有的方面過於簡略，一些重要的史料沒有收錄，對曹操一生的活動還反映得不夠全面，比如對他在文學方面的貢獻就隻字未提。因此我們在閱讀本篇時最好能參閱裴松之注和其他一些記載。

太祖武皇帝，沛國譙人也①，姓曹，諱操，字孟德，漢相國參之後。桓帝世，曹騰為中常侍、大長秋②，封費亭侯③。養子嵩嗣，官至太尉④，莫能審其生出本末。嵩生太祖。

太祖少機警，有權數，而任俠放蕩，不治行業，故世人未之奇也；惟梁國橋玄、南陽何顒異焉。玄謂太祖曰：「天下將亂，非命世之才不能濟也，

❶ 沛：王國名，治相縣，在今安徽濉溪縣西北。譙：縣名，在今安徽亳州。❷ 中常侍：皇帝侍從，東漢由宦官擔任。大長秋：皇后近侍，東漢多用宦官。❸ 東漢有封地的爵位有王、公、侯，侯又分縣侯、鄉侯、亭侯。❹ 太尉：東漢中央的高級官吏之一。東漢以太尉、司徒、司空為三公。

太祖武皇帝，沛國譙縣人，姓曹，名操，字孟德，是漢朝相國曹參的後代。桓帝時，曹騰任中常侍、大長秋，封費亭侯。曹騰死後，養子曹嵩繼承爵位，官做到太尉，但沒人能知道他的出生本末。曹嵩生太祖。

太祖從小很機敏，有權術。但是愛打抱不平，放蕩不拘，不注意修養品行和學業，因此周圍的人並不特別看重他；只有梁國人橋玄、南陽人何顒認為他非同尋常。橋玄對太祖說：「天下將要大亂，沒有治世之才是不能拯救的，

能安之者，其在君乎！」年二十，舉孝廉為郎①，除洛陽北部尉②，遷頓丘令③，徵拜議郎④。

光和末⑤，黃巾起。拜騎都尉⑥，討潁川賊⑦。遷為濟南相⑧。國有十餘縣，長吏多阿附貴戚，贓污狼藉，於是奏免其八；禁斷淫祀，姦宄逃竄，郡界肅然。久之，徵還為東郡太守⑨，不就，稱疾歸鄉里。

頃之，冀州刺史王芬、南陽許攸、沛國周旌等連結豪傑，謀廢靈帝，立合

能夠安定天下的人，就看你了啊！」二十歲時，被推薦為孝廉，作郎官，出任洛陽北部尉，再升為頓丘縣令，後來又被徵召入朝任議郎。

光和末年，黃巾軍起兵。朝廷任命太祖為騎都尉，帶兵征討潁川黃巾軍，因此被提拔為濟南國相。濟南國有十幾個縣，縣官大多巴結依附外戚，貪贓納賄，污穢不堪。太祖上報朝廷，罷免其中的八人，又禁止不合規定的祭祀。因此壞人都逃竄外地，郡界秩序清靜。過了很久，又被征回作東郡太守，他沒有上任，推託有病，回到家鄉。

肥侯⑩，以告太祖。太祖拒之，芬等遂敗。

金城邊章、韓遂殺刺史郡守以叛，眾十餘萬，天下騷動。徵太祖為典軍校尉⑪。會靈帝崩，太子即位⑫，太后臨朝。大將軍何進與袁紹謀誅宦官，太后不聽。進乃召董卓，欲以脅太后，

❶ 孝廉：漢代選舉的主要科目，取其孝順廉潔，每年由各郡國按人口比例薦舉。郎：皇帝侍從官的通稱。有議郎、侍郎、郎中等，東漢尚書郎亦稱郎。❷ 除：任命作官。尉：縣的佐官，掌察捕盜賊，維護治安。❸ 頓丘：縣名，在今河南清豐縣西南。❹ 拜：授官。議郎：掌顧問應對，議論朝政。❺ 光和：漢靈帝年號，共七年（178—184）。❻ 騎都尉：軍官名，統率皇帝衛隊中的羽林騎兵。❼ 潁川：郡名，治陽翟縣，即今河南禹州。❽ 濟南：王國名，治東平陵縣，在今山東歷城東。相：王國行政長官，相當於郡太守。❾ 東郡：治濮陽縣，在今河南濮陽西南。太守：郡的長官。❿ 合肥侯：其人不詳。⓫ 典軍校尉：禁衛軍軍官名，為漢靈帝所置「西園八校尉」之一。漢代軍官名稱，最高為將軍，次為中郎將、校尉、都尉等。⓬ 太子：指漢少帝劉辯。

不久，冀州刺史王芬、南陽人許攸、沛國人周旌等人聯絡豪傑，圖謀廢除漢靈帝，立合肥侯。他們把這事告訴太祖，太祖拒絕參與，王芬等人因此而失敗。

金城人邊章、韓遂殺死刺史、太守，發動叛亂，兵力達十幾萬人，天下騷動。朝廷召太祖為典軍校尉。適逢漢靈帝死，太子即位，何太后臨朝聽政。大將軍何進與袁紹策劃誅殺宦官，太后不許。何進就召來董卓，想要脅迫太后，

卓未至而進見殺。卓到，廢帝為弘農王而立獻帝，京都大亂。卓表太祖為驍騎校尉①，欲與計事。太祖乃變易姓名，間行東歸。出關，過中牟②，為亭長所疑③，執詣縣，邑中或竊識之，為請得解。卓遂殺太后及弘農王。太祖至陳留④，散家財，合義兵，將以誅卓。冬十二月，始起兵於己吾⑤。是歲，中平六年也⑥。

初平元年春正月⑦，後將軍袁術、冀州牧韓馥、豫州刺史孔伷、兗州刺史劉岱、河內太守王匡、勃海太守袁紹、陳留太守張邈、東郡太守橋瑁、山陽

董卓還沒到，何進已被宦官殺死。董卓到京城之後，廢少帝為弘農王而立漢獻帝，京都大亂。董卓上表舉用太祖作驍騎校尉，想同他計議大事。太祖不願，便改名換姓，走小路東歸。出了虎牢關，經過中牟縣，被亭長懷疑，捉了他送到縣裏。縣城中有人暗裏認識他，替他求情，得以脱身。這時董卓殺死何太后和弘農王。太祖來到陳留縣，拿出家財，招集義兵，準備討滅董卓。十二月，開始在己吾縣起兵。這一年是漢靈帝中平六年。

初平元年正月，後將軍袁術、冀州牧韓馥、豫州刺史孔伷、兗州刺史劉岱、河內太守王匡、勃海太守袁紹、陳留太守張

太守袁遺、濟北相鮑信同時俱起兵⑧，眾各數萬，推紹為盟主。太祖行奮武將軍⑨。

二月，卓聞兵起，乃徙天子都長安。卓留屯洛陽，遂焚宮室。

❶驍騎校尉：也是禁軍軍官。❷中牟：縣名，在今河南中牟縣東。❸亭長：漢代地方行政組織，縣下有鄉，鄉下有亭，大致十里一亭。亭設亭長。❹陳留：縣名，為陳留郡治，在今開封市東南。❺己吾：縣名，在今河南寧陵縣西南。❻中平六年：公元 189 年。❼初平：漢獻帝年號。初平元年即公元 190 年。❽後將軍：漢代有前、後、左、右將軍，統兵，位次上卿。冀州：約轄今河北省南部，治鄴縣，在今河北臨漳西南。牧：漢代州的長官為刺史，漢靈帝時改刺史為牧，權位重於刺史。豫州：約轄今河南東部、安徽北部地，治譙縣，即今安徽亳州。兗州：約轄今山東西部及河南東部部分地區，治昌邑縣，在今山東金鄉縣西北。河內：郡名，治懷縣，在今河南武陟縣西南。勃海：郡名，治南皮縣，在今河北南皮縣東北。山陽：郡名，治昌邑縣。濟北：王國名，治盧縣，在今山東長清南。❾行：暫任或代理某項官職。奮武將軍：雜號將軍（即前、後、左、右將軍之外的將軍）之一。

邈、東郡太守橋瑁、山陽太守袁遺、濟北相鮑信都同時起兵，各自有幾萬人馬，推舉袁紹作盟主。太祖暫任奮武將軍。

二月，董卓聽說義兵共起，就把天子遷到長安，自己留駐洛陽，並將宮室燒燬。

是時紹屯河內，邈、岱、瑁、遺屯酸棗①，術屯南陽②，伷屯潁川，馥在鄴。卓兵強，紹等莫敢先進。太祖曰：「舉義兵以誅暴亂，大眾已合，諸君何疑！向使董卓聞山東兵起③，倚王室之重，據二周之險④，東向以臨天下，雖以無道行之，猶足為患；今焚燒宮室，劫遷天子，海內震動，不知所歸，此天亡之時也。一戰而天下定矣，不可失也。」遂引兵西，將據成皋⑤。邈遣將衛茲分兵隨太祖。到滎陽汴水⑥，遇卓將徐榮，與戰不利，士卒死傷甚多。太祖為流矢所中，所乘馬被創，從弟洪以馬與太

這時袁紹屯兵於河內，張邈、劉岱、橋瑁、袁遺屯兵於酸棗，袁術屯兵於南陽，孔伷屯兵於潁川，韓馥在鄴。董卓兵強，袁紹等人無人敢率先進兵。太祖說：「發動義兵是為了討滅暴亂，現在大兵已經會合，諸君還猶豫甚麼！先前要是董卓聽見東方兵起，依靠王室的權威，憑據二周的險要，東向以控制天下，儘管他的所作所為暴虐無道，不得人心，但仍然足以成為禍害。而現在他焚燒宮室，強逼天子遷都，使全國震動，人們不知該依靠誰。這正是上天要滅亡董卓的大好時機，一戰就可以安定天下，不可錯過機會啊。」於是太祖領兵西進，打算佔據成皋。張邈派部將衛茲分兵跟隨太祖。到了滎陽汴水邊，

祖，得夜遁去。榮見太祖所將兵少，力戰盡日，謂酸棗未易攻也，亦引兵還。

太祖到酸棗，諸軍兵十餘萬，日置酒高會，不圖進取。太祖責讓之，因為謀曰：「諸君聽吾計：使勃海引河內之眾臨孟津⑦；酸棗諸將守成皋，據敖倉⑧，塞轘轅、太谷⑨，全制其險；

❶ 酸棗：縣名，在今河南延津縣西南。❷ 南陽：郡名，治宛縣，即今河南南陽市。❸ 山東：指河南崤山以東。❹ 二周：東周初，平王遷都王城，在今洛陽；春秋末，周敬王遷都成周，在今洛陽東。於是稱成周為東周，王城為西周。❺ 成皋：縣名，在今河南滎陽東北。❻ 滎陽：縣名，在今河南滎陽西北。❼ 孟津：黃河渡口，在今河南孟州南。❽ 敖倉：糧倉名，在今河南滎陽西北。❾ 轘轅：關名，在今河南偃師東南。太谷：關名，在今洛陽東南。均為險要之地。

碰上董卓的部將徐榮，打了一仗，結果失利，士兵死傷很多。太祖被亂箭射中，所騎的馬也受了傷，幸虧他的堂弟曹洪把自己的馬給他，才得以乘夜色逃走。徐榮看到太祖所帶的兵雖少，但力戰了一整天，認為義兵主力所在的酸棗還不容易攻下，因此也領兵返回。

太祖到酸棗，各路軍兵十多萬，每天擺酒設宴，不打算進攻。太祖責備他們，並為他們謀劃說：「請諸君聽從我的計策：使勃海袁太守領河內的兵控制孟津，酸棗諸將把守成皋，佔據敖倉，封鎖轘轅關、太谷關，完全控制險要地勢。

使袁將軍率南陽之軍軍丹、析①，入武關②，以震三輔③。皆高壘深壁，勿與戰，蓋為疑兵，示天下形勢，以順誅逆，可立定也。今兵以義動，持疑而不進，失天下之望，竊為諸君恥之！」邈等不能用。

太祖兵少，乃與夏侯惇等詣揚州募兵④，刺史陳溫、丹楊太守周昕與兵四千餘人。還到龍亢⑤，士卒多叛。至銍、建平⑥，復收兵得千餘人，進屯河內。

又使袁術將軍率領南陽的軍隊駐紮丹水縣、析縣，進入武關，以震動三輔。各軍都深壁高壘，不同敵兵交戰，多佈置疑兵，表明天下反對董卓的強大優勢，以正義討滅叛逆，勝利指日可待。現今我們為正義而起兵，卻持疑不進，使天下人失望，我真替諸君感到羞恥！」可是張邈等人沒有採納太祖的意見。

太祖兵少，因此與夏侯惇等人到揚州募兵，揚州刺史陳溫、丹楊太守周昕給了四千多人。回到龍亢縣，很多士兵叛逃。到了銍縣、建平縣，又收兵得一千多人，進駐河內。

劉岱與橋瑁相惡，岱殺瑁，以王肱領東郡太守。

袁紹與韓馥謀立幽州牧劉虞為帝⑦，太祖拒之。紹又嘗得一玉印，於太祖坐中舉向其肘，太祖由是笑而惡焉。

二年春，紹、馥遂立虞為帝，虞終不敢當。

❶丹：丹水縣，在今河南淅川縣西。析：縣名，即今河南西峽縣。❷武關：在今陝西商南縣南。❸三輔：指長安周圍的京兆尹、左扶風、右馮翊三郡。❹揚州：大致轄今安徽省淮水以南、江蘇省長江以南及浙江、福建、江西等省。治壽春，在今安徽壽州。❺龍亢（gāng）：縣名，在今安徽懷遠縣西。❻銍（zhì）：縣名，在今安徽宿州西南。建平：縣名，在今河南永城西南。❼幽州：轄今河北省一部，北京、天津及遼寧省大部。治薊縣，即今北京。

這時劉岱與橋瑁關係破裂，互相仇視，劉岱殺死橋瑁，用王肱代理東郡太守。

袁紹與韓馥策劃立幽州牧劉虞為皇帝，太祖拒絕支持。袁紹又曾經得到一方玉印，當太祖在場時向太祖舉起掛着玉印的手臂來故意炫耀。太祖由此譏笑而厭惡他。

二年春，袁紹、韓馥立劉虞為皇帝，但劉虞始終不敢當。

夏四月，卓還長安。

秋七月，袁紹脅韓馥，取冀州。

黑山賊于毒、白繞、眭固等十餘萬眾略魏郡、東郡①，王肱不能禦。太祖引兵入東郡，擊白繞于濮陽，破之。袁紹因表太祖為東郡太守，治東武陽②。

三年春，太祖軍頓丘，毒等攻東武陽。太祖乃引兵西入山，攻毒等本屯。毒聞之，棄武陽還。太祖要擊眭固，又擊匈奴於夫羅於內黃③，皆大破之。

四月，董卓回長安。

七月，袁紹脅迫韓馥，奪取冀州。

黑山賊于毒、白繞、眭固等十幾萬人攻打魏郡、東郡，東郡太守王肱不能抵禦。太祖率兵進入東郡，在濮陽擊潰了白繞。袁紹因此上表推薦太祖作東郡太守，東郡首府設在東武陽。

三年春，太祖駐軍頓丘，于毒等人攻打東武陽。太祖率軍往西進入山區，進攻于毒等人的本營。于毒聽說後，放棄東武陽而回。太祖截擊眭固，又在內黃進攻匈奴於夫羅部，把他們打得大敗。

夏四月，司徒王允與呂布共殺卓。卓將李傕、郭汜等殺允攻布，布敗，東出武關。傕等擅朝政。

青州黃巾眾百萬入兗州④，殺任城相鄭遂⑤，轉入東平⑥。劉岱欲擊之，鮑信諫曰：「今賊眾百萬，百姓皆震恐，士卒無鬥志，不可敵也。觀賊眾羣輩相隨，軍無輜重，唯以鈔略為資⑦，今不若畜士眾之力，先為固守。彼欲戰不得，

❶黑山賊：東漢末與黃巾同時起義的一支農民軍。黑山在河南浚縣西北太行山中。眭（suī）：姓。魏郡：治鄴縣。❷東武陽：縣名，在今山東莘縣南。❸於夫羅：南匈奴首領名。❹青州：轄今山東省北部地，治臨淄，在今山東舊臨淄縣北。❺任城：王國名，即今山東濟寧。❻東平：王國名，治無鹽縣，在今山東東平縣東。❼鈔：同「抄」。

四月，漢朝司徒王允與呂布殺了董卓。董卓部將李傕、郭汜等人又殺死王允，進攻呂布，呂布被打敗，從長安東出武關。李傕等人專斷朝政。

青州黃巾軍一百多萬人進入兗州，殺死任城相鄭遂，轉入東平。刺史劉岱想要發兵征討，鮑信勸阻說：「現在黃巾人眾百萬，百姓驚恐，士兵沒有鬥志，是打不過他們的。我看賊兵和家屬成羣結夥地相隨，軍隊也沒有糧草物資，只靠搶掠為生。目前不如積蓄兵力，先作固守。敵人欲戰不得，

攻又不能，其勢必離散。後選精鋭，據其要害，擊之可破也。」岱不從，遂與戰，果為所殺。信乃與州吏萬潛等至東郡迎太祖領兗州牧。遂進兵擊黃巾于壽張東①。信力戰鬥死，僅而破之。購求信喪不得，眾乃刻木如信形狀，祭而哭焉。追黃巾至濟北，乞降。冬，受降卒三十餘萬，男女百餘萬口，收其精鋭者，號為青州兵。

袁術與紹有隙，術求援於公孫瓚，瓚使劉備屯高唐②，單經屯平原③，

攻又不能，勢必離散；然後挑選精鋭部隊，佔據要害之地，發動進攻，就可以把它擊潰。」劉岱不聽，與黃巾軍作戰，果然被黃巾軍所殺。鮑信與州吏萬潛等人到東郡迎接太祖代理兗州牧。於是太祖進兵，在壽張縣東攻打黃巾軍。鮑信力戰而死，這才勉強把黃巾軍擊敗。太祖懸賞尋求鮑信的屍體，沒有找到，於是大家雕刻木頭有如鮑信的形狀以舉行奠祭，人們都哭了。接着追擊黃巾軍到濟北，黃巾軍請求投降。這年冬季，接受降兵三十多萬，男女百餘萬口，擇取其中的精鋭當兵，號稱「青州兵」。

袁術與袁紹有矛盾，袁術向公孫瓚求

陶謙屯發干④，以逼紹。太祖與紹會擊，皆破之。

四年春，軍鄄城⑤。荊州牧劉表斷術糧道，術引軍入陳留，屯封丘⑥，黑山餘賊及於夫羅等佐之。術使將劉詳屯匡亭⑦。太祖擊詳，術救之，與戰，大破之。術退保封丘，遂圍之，未合，術走襄邑⑧。追到太壽⑨，

❶壽張：縣名，在今山東東平縣西南。❷高唐：縣名，在今山東禹城西南。❸平原：縣名，在今山東平原縣西南。❹發干：縣名，在今山東舊堂邑縣西南。❺鄄城：縣名，在今山西鄄城縣北。❻封丘：縣名，即今河南封丘縣。❼匡亭：在今河南長垣縣境。❽襄邑：縣名，即今河南睢縣。❾太壽：縣名，在今河南寧陵、睢縣一帶。

援。公孫瓚派劉備駐高唐，單經駐平原，陶謙駐發干，以威脅袁紹。太祖與袁紹聯合，打敗了他們。

四年春，駐軍鄄城。荊州牧劉表截斷袁術的糧道，袁術率軍進入陳留郡，駐紮在封丘縣，黑山餘部和匈奴於夫羅等都幫助他。袁術派部將劉詳駐紮匡亭。太祖進攻劉詳，袁術來援救，太祖同袁軍交戰，把他打得大敗。袁術退保封丘，太祖進軍包圍封丘。包圍圈還沒合攏，袁術就逃到襄邑。太祖追到太壽，

決渠水灌城。走寧陵①，又追之，走九江②。夏，太祖還軍定陶③。

下邳闕宣聚眾數千人，自稱天子；徐州牧陶謙與共舉兵④，取泰山華、費⑤，略任城。秋，太祖征陶謙，下十餘城，謙守城不敢出。

是歲，孫策受袁術使渡江，數年間遂有江東。

興平元年春⑥，太祖自徐州還。初，太祖父嵩，去官後還譙，董卓之亂，避

決開渠水灌城。袁術跑到寧陵，太祖又追擊，袁術逃往九江。到夏季，太祖回軍定陶。

下邳人闕宣聚兵幾千人，自稱天子；徐州牧陶謙與他共同出兵，攻佔泰山郡的華、費二縣，並進攻任城。至秋季，太祖征陶謙，攻下十幾座城，陶謙守城不敢出。

這一年，孫策受袁術派遣南渡長江，幾年之間便佔據了江東。

興平元年春，太祖從徐州回兗州。起初，太祖的父親曹嵩辭官之後回到家鄉譙縣，董卓之亂的時候，避難到瑯邪，被陶

難瑯邪⑦，為陶謙所害，故太祖志在復仇東伐。夏，使荀彧、程昱守鄄城，復征陶謙，拔五城，遂略地至東海⑧。還過郯，謙將曹豹與劉備屯郯東，要太祖。太祖擊破之，遂攻拔襄賁⑨，所過多所殘戮。

會張邈與陳宮叛迎呂布，郡縣皆應。荀彧、程昱保鄄城，

❶ 寧陵：縣名，在今河南寧陵縣南。❷ 九江：郡名，治壽春，即今安徽壽州。❸ 定陶：縣名，在今山東定陶西北。❹ 徐州：轄今山東東南部、江蘇北部。治下邳，在今江蘇睢寧西北。❺ 泰山：郡名，治奉高縣，在今山東泰安東。華：縣名，在今費縣東北。費（mì）：侯國名，在今山東費縣西北。❻ 興平元年：公元 194 年。❼ 瑯邪：王國名，治開陽縣，在今山東臨沂北。❽ 東海：郡名，治郯縣，在今山東郯城縣北。❾ 襄賁（féi）：縣名，在今山東蒼山縣南。

謙殺害。因此太祖志在復仇東征。這年夏天，他派荀彧、程昱守鄄城，再次出征陶謙，攻克五座城，一直打到東海郡。回來時經過郯縣，陶謙的部將曹豹與劉備駐紮在郯縣東，攔擊太祖。太祖打敗了他們，並攻克襄賁，所過之地破壞很大，殺了很多人。

適逢此時張邈與陳宮叛變，迎接呂布，很多郡縣都響應他們。只有荀彧、程昱保住了鄄城，

范、東阿二縣固守①，太祖乃引軍還。布到，攻鄄城不能下，西屯濮陽。太祖曰：「布一旦得一州，不能據東平，斷亢父、泰山之道乘險要我②，而乃屯濮陽，吾知其無能為也。」遂進軍攻之。布出兵戰，先以騎犯青州兵。青州兵奔，太祖陳亂③，馳突火出，墜馬，燒左手掌。司馬樓異扶太祖上馬，遂引去。未至營，止。諸將未與太祖相見，皆怖。太祖乃自力勞軍，令軍中促為攻具，進復攻之。與布相守百餘日。蝗蟲起，百姓大餓，布糧食亦盡，各引去。

范、東阿二縣也仍在堅守，太祖便領兵回來。呂布來到之後，攻打鄄城沒攻下，就往西駐軍濮陽。太祖說：「呂布一旦得兗州，不去佔據東平，截斷亢父、泰山的路，憑據險要地勢攔擊我，卻屯兵於濮陽，我看他無能為力了。」於是進軍攻打呂布。呂布出兵迎戰，先以騎兵衝青州兵，青州兵奔潰。太祖軍陣大亂，騎馬從火中衝出，掉下馬來，燒傷了左手掌。司馬樓異扶太祖上馬，這才退走。還沒到軍營，停了下來。諸將還未見到太祖時，都很害怕。於是太祖親自勉力勞軍，並命令軍中趕緊準備好攻具，再次進攻。同呂布相持了一百多天。此時發生蝗災，百姓大飢，呂布的糧食也吃完了，於是雙方各自

秋九月，太祖還鄄城。布到乘氏④，為其縣人李進所破，東屯山陽。於是紹使人說太祖，欲連和。太祖新失兗州，軍食盡，將許之。程昱止太祖，太祖從之。冬十月，太祖至東阿。

是歲穀一斛五十餘萬錢，人相食，乃罷吏兵新募者。陶謙死，劉備代之。

❶范：縣名，在今河南范縣東南。東阿：縣名，在今山東陽谷縣東北。❷亢父（gāng fù）：縣名，在今山東濟寧市南。❸陳（zhèn）：同「陣」。❹乘氏：侯國名，在今山東鉅野縣西南。

退兵。

秋九月，太祖回鄄城。呂布到乘氏縣，被本縣人李進打敗，往東駐軍山陽。這時袁紹派人勸說太祖，想要聯合。太祖新近丟失兗州，軍糧也完了，打算同意袁紹的要求。程昱勸阻太祖，太祖聽從了。冬十月，太祖到東阿。

這一年，五穀一石值五十多萬文錢，以至人吃人，因此，太祖遣散了新招募的士兵。與此同時，陶謙死，劉備代替他做了徐州牧。

二年春，襲定陶，濟陰太守吳資保南城①，未拔。會呂布至，又擊破之。夏，布將薛蘭、李封屯鉅野②，太祖攻之。布救蘭，蘭敗，布走，遂斬蘭等。布復從東緡與陳宮將萬餘人來戰③。時太祖兵少，設伏，縱奇兵擊，大破之，布夜走。太祖復攻，拔定陶，分兵平諸縣。布東奔劉備，張邈從布，使其弟超將家屬保雍丘④。秋八月，圍雍丘。冬十月，天子拜太祖兗州牧。十二月，雍丘潰，超自殺，夷邈三族⑤。邈詣袁術請救，為其眾所殺，兗州平。遂東略陳地⑥。

二年春，襲擊定陶。濟陰太守吳資守定陶南城，未能攻下。這時呂布兵到，太祖又打敗了他。夏季，呂布的部將薛蘭、李封駐紮在鉅野，太祖攻鉅野，呂布救薛蘭，薛蘭戰敗，呂布逃走，於是殺死薛蘭等人。呂布又從東緡與陳宮率領萬餘人來戰。當時太祖兵少，便設下埋伏，出奇兵攻擊，把呂布軍打得大敗，呂布夜裏逃跑。太祖再次進攻，攻下定陶，並分兵平定各縣。呂布往東投奔劉備，張邈跟隨呂布，讓他的弟弟張超帶領家屬守雍丘。秋八月，太祖包圍雍丘。冬十月，漢獻帝任命太祖為兗州牧。十二月，雍丘被攻破，張超自殺，太祖殺了張邈三族。張邈去向袁術求救，被部下殺死，兗州平定。於是

是歲，長安亂，天子東遷，敗于曹陽⑦，渡河幸安邑⑧。

建安元年春正月⑨，太祖軍臨武平⑩，袁術所置陳相袁嗣降。

太祖將迎天子，諸將或疑，荀彧、程昱勸之，乃遣曹洪將兵西迎。衛將軍董承與袁術將萇奴拒險，洪不得進。

❶濟陰：郡名，治定陶。❷鉅野：縣名，在今山東鉅野縣南。❸東緡：縣名，在今山東金鄉縣西北。❹雍丘：縣名，在今河南杞縣。❺三族：父族、母族、妻族。❻陳：王國名，治陳縣，即今河南淮陽縣。❼曹陽：亭名，在今河南靈寶東北。楊奉、董承等人護送漢獻帝東還，李傕、郭汜來追，楊奉等人在曹陽戰敗。❽幸：古代稱皇帝到某處為「幸」。安邑：縣名，在今山西夏縣西北。❾建安：漢獻帝年號，公元 196—220 年。❿武平：縣名，在今河南鹿邑縣西北。

進一步東攻陳國一帶。

這一年，長安大亂，漢獻帝東遷，在曹陽戰敗，渡過黃河到達安邑。

建安元年春正月，太祖的軍隊打到武平，袁術委派的陳國相袁嗣投降。

太祖準備迎接漢獻帝，有的將領表示懷疑，荀彧、程昱支援太祖，於是派曹洪帶兵西去迎接。衛將軍董承與袁術的部將萇奴憑險阻擋，曹洪於是無法前進。

汝南、潁川黃巾何儀、劉辟、黃邵、何曼等①，眾各數萬，初應袁術，又附孫堅。二月，太祖進軍攻破之，斬辟、邵等，儀及其眾皆降②。天子拜太祖建德將軍，夏六月，遷鎮東將軍，封費亭侯。秋七月，楊奉、韓暹以天子還洛陽，奉別屯梁③。太祖遂至洛陽，衛京都，暹遁走。天子假太祖節鉞④，錄尚書事⑤。洛陽殘破，董昭等勸太祖都許⑥。九月，車駕出轘轅而東⑦，以太祖為大將軍⑧，封武平侯。自天子西遷，朝廷日亂，至是宗廟社稷制度始立⑨。

汝南、潁川地區的黃巾軍何儀、劉辟、黃邵、何曼等人，各自有幾萬人，起初回應袁術，後來又投靠孫堅。二月，太祖進軍打敗了他們，殺掉劉辟、黃邵等人，何儀與其部下都來投降。漢獻帝任命太祖為建德將軍。夏六月，升為鎮東將軍，封費亭侯。秋七月，楊奉、韓暹將天子送回洛陽，楊奉另駐梁縣。太祖進兵洛陽，保衛京都，韓暹逃走。天子授予太祖符節黃鉞，總統內外諸軍，並總領朝政。洛陽殘破，董昭等人勸太祖遷都許縣。九月，漢獻帝從轘轅谷東出到達許縣，於是以太祖為大將軍，封武平侯。自從皇帝西遷長安，朝廷一天比一天混亂，到這時才重新建立起宗廟社稷和各種制度。

天子之東也，奉自梁欲要之，不及。冬十月，公征奉[10]，奉南奔袁術，遂攻其梁屯，拔之。於是以袁紹為太尉，紹恥班在公下，不肯受。公乃固辭，以大將軍讓紹。天子拜公司空，行車騎將軍[11]。是歲用棗祗、韓浩等議，始興屯田。

❶汝南：郡名，治平輿縣，在今河南平輿縣北。❷據後面建安五年的記載，劉辟並未死。清代學者沈家本說，這兩句似應作「斬邵等，辟、儀及其眾皆降」。❸梁：縣名，在今河南汝州西。❹假：借，意即授予。節：符節。鉞：黃鉞，形似大斧。假節，軍事期間有權殺犯軍令者；假黃鉞，總統內外諸軍。❺錄尚書事：總領尚書事，亦即統領朝政。❻許：縣名，在今河南許昌東。❼車駕：古代對皇帝的代稱。❽大將軍：將軍的最高稱號，位在三公上。❾社：土神。稷：穀神。古代帝王必立社稷祭祀。❿本篇從這裏開始稱曹操為「公」，因為以前無專官，至此始為三公。⓫車騎將軍：次於大將軍、驃騎將軍，位比三公。

當天子東遷許都的時候，楊奉想從梁縣出兵攔截，但沒有趕上。冬十月，曹公討伐楊奉，楊奉南奔袁術，於是進攻他在梁縣的軍營，一舉攻破。這時漢獻帝任命袁紹為太尉，袁紹恥於官位在曹公之下，不肯接受。曹公因此堅決辭去大將軍，而讓給袁紹。於是漢獻帝改任曹公為司空，代理車騎將軍。這一年，採納棗祗、韓浩等人的建議，開始實行屯田制。

呂布襲劉備，取下邳①，備來奔。程昱說公曰：「觀劉備有雄才而甚得眾心，終不為人下，不如早圖之。」公曰：「方今收英雄時也，殺一人而失天下之心，不可。」

張濟自關中走南陽②。濟死，從子繡領其眾。二年春正月，公到宛，張繡降；既而悔之，復反。公與戰，軍敗，為流矢所中，長子昂、弟子安民遇害。公乃引兵還舞陰③，繡將騎來鈔，公擊破之。繡奔穰④，與劉表合。公謂諸將曰：「吾降張繡等，失不便取其質，以

呂布襲擊劉備，奪取下邳，劉備來投奔。程昱勸曹公說：「我看劉備有雄才而且很得人心，最終不會甘居他人之下，不如趁早除掉他。」曹公說：「現今正是收攬英雄的時候，殺一個人而失去天下人的心，不行。」

張濟從關中跑到南陽。張濟死後，姪子張繡率領他的隊伍。建安二年春正月，曹公到宛縣，張繡投降；但過後反悔，又反叛。曹公同他作戰，兵敗，被飛箭射中，長子曹昂和弟弟的兒子曹安民都遇害。曹公帶兵回到舞陰，張繡率領騎兵來攻掠，被曹公打敗。張繡逃奔穰縣，與劉表聯合。曹公對眾將說：「我接受張繡等

至於此。吾知所以敗。諸卿觀之，自今以後不復敗矣。」遂還許。

袁術欲稱帝於淮南，使人告呂布，布收其使，上其書。術怒，攻布，為布所破。秋九月，術侵陳，公東征之。術聞公自來，棄軍走，留其將橋蕤、李豐、梁綱、樂就。公到，擊破蕤等，皆斬之。術走渡淮。公還許。

❶下邳：縣名，在今江蘇睢寧縣西北。❷張濟：董卓的部將。❸舞陰：縣名，在今河南泌陽西北。❹穰（rǎng）：縣名，在今河南鄧州。

人投降，錯就錯在沒有立即要他們交出人質，以致造成這次失敗。我已經懂得失敗的原因了，你們看吧，從今以後我不會再失敗了。」於是回到許。

袁術想要在淮南稱皇帝，使人告訴呂布，呂布拘留了他的使者，把他的信上交給朝廷。袁術惱怒，進攻呂布，被呂布打敗。秋九月，袁術侵犯陳縣，曹公東征袁術。袁術聽說曹公親自前來，丟掉軍隊逃跑，只留下部將橋蕤、李豐、梁綱、樂就。曹公來到後，擊敗橋蕤等人，把他們全都殺了。袁術逃走後，渡過淮水。曹公回到許。

公之自舞陰還也，南陽章陵諸縣復叛為繡①，公遣曹洪擊之，不利，還屯葉②，數為繡、表所侵。冬十一月，公自南征，至宛。表將鄧濟據湖陽③。攻拔之，生擒濟，湖陽降。攻舞陰，下之。

三年春正月，公還許，初置軍師祭酒④。三月，公圍張繡於穰。夏五月，劉表遣兵救繡，以絕軍後。公將引還，繡兵來〔追〕，公軍不得進，連營稍前。公與荀彧書曰：「賊來追吾，雖日行數里，吾策之，到安眾⑤，破繡必矣。」到安眾，繡與表兵合守險，公軍前後受

當曹公從舞陰回來的時候，南陽郡的章陵等縣又反叛歸屬張繡。曹公派曹洪前去討伐，失利，回駐葉縣，多次受到張繡、劉表侵犯。冬十一月，曹公親自南征，到宛縣。劉表的部將鄧濟據守湖陽，曹公攻克湖陽，活捉鄧濟，湖陽守軍投降。又攻舞陰，也攻下了。

三年春正月，曹公回許，開始設置軍師祭酒的官職。三月，曹公包圍張繡於穰縣。夏五月，劉表派兵救張繡，以截斷曹公軍隊的後路。曹公準備撤退，張繡來追，曹公軍不能前進，於是連接兵營，緩緩推進。曹公給荀彧寫信說：「敵人正在追我，儘管一天只能走幾里，但我估計，

敵。公乃夜鑿險為地道，悉過輜重，設奇兵。會明，賊謂公為遁也，悉軍來追。乃縱奇兵步騎夾攻，大破之。秋七月，公還許。荀彧問公：「前以策賊必破，何也？」公曰：「虜遏吾歸師，而與吾死地戰，吾是以知勝矣。」

呂布復為袁術使高順攻劉備，公遣夏侯惇救之，不利，備為順所敗。九月，公東征布。冬十月，

❶ 章陵：縣名，在今湖北棗陽南。❷ 葉（shè）：縣名，在今河南葉縣南。❸ 湖陽：縣名，在今河南唐河縣南。❹ 軍師祭酒：官名，掌參謀軍事。❺ 安眾：縣名，在今河南鎮平縣東南。

到了安眾，必定能打敗張繡。」到了安眾，張繡與劉表合兵據守險要，曹公軍前後受敵。於是曹公乘黑夜率軍鑿穿險阻挖出地道，把軍用物資全部運走，佈置好奇兵。到天明，敵人以為曹公已經逃跑，全軍來追。曹公出動奇兵，步兵騎兵一齊夾攻，把敵軍打得大敗。秋七月，曹公回到許。荀彧問曹公：「您事前就已料定敵人一定被打敗，為甚麼？」曹公說：「敵人阻擋我歸心迫切的軍隊，同已被逼到死地的我軍作戰，因此我知道我軍必勝。」

呂布派高順再次替袁術打劉備。曹公派夏侯惇去援救，失利，劉備被高順打敗。九月，曹公東征呂布。冬十月，

屠彭城①，獲其相侯諧。進至下邳，布自將騎逆擊。大破之，獲其驍將成廉。追至城下，布恐，欲降。陳宮等沮其計，求救于術，勸布出戰；戰又敗，乃還固守，攻之不下。時公連戰，士卒罷，欲還，用荀攸、郭嘉計，遂決泗、沂水以灌城。月餘，布將宋憲、魏續等執陳宮，舉城降，生擒布、宮，皆殺之。太山臧霸、孫觀、吳敦、尹禮、昌豨各聚眾。布之破劉備也，霸等悉從布。布敗，獲霸等，公厚納待，遂割青、徐二州附於海以委焉，分瑯邪、東海、北海為城陽、利城、昌慮郡②。

攻破並屠戮彭城，俘獲彭城相侯諧。進兵下邳，呂布親自率騎兵迎戰。曹公把他打得大敗，擒獲他的猛將成廉，追到城下，呂布很害怕，想要投降。陳宮等人阻止了他的計畫，向袁術求救，並勸呂布出城再戰，結果又被打敗。於是呂布回城堅守，曹軍攻城不能攻下。當時曹公連續作戰，士卒疲困，想要回去。後來用荀攸、郭嘉的計策，挖開泗水、沂水以灌下邳城。過了一個多月，呂布的部將宋憲、魏續等人捉了陳宮，率全城守軍投降，於是生擒呂布、陳宮，把他們都殺了。在這以前，太山郡的臧霸、孫觀、吳敦、尹禮、昌豨各自聚集人眾。當呂布打敗劉備的時候，臧霸等人都歸屬呂布。呂布失敗後，活捉了臧霸等人，曹公寬厚地接納和

初，公為兗州，以東平畢諶為別駕③。張邈之叛也，邈劫諶母弟妻子，公謝遣之，曰：「卿老母在彼，可去。」諶頓首無二心，公嘉之，為之流涕。既出，遂亡歸。及布破，諶生得，眾為諶懼。公曰：「夫人孝於其親者，豈不亦忠於其君乎！吾所求也。」以為魯相④。

❶彭城：王國名，治彭城縣，即今江蘇徐州。❷北海：王國名，治劇縣，在今山東昌樂縣西。城陽郡：治東武縣，即今山東諸城。利城郡：本為縣，在今江蘇贛榆縣西。昌慮郡：本為縣，在今山東滕州東南。❸別駕：即別駕從事史，為州牧或刺史佐史。❹魯：王國名，治魯縣，即今山東曲阜。

對待他們，還劃出青、徐二州靠海的地區委任他們治理，割瑯邪、東海、北海三郡，分設城陽、利城、昌慮三個新郡。

起初，曹公任兗州牧，用東平人畢諶作別駕。當張邈反叛的時候，張邈擄走了畢諶的母親、弟弟、妻子和兒子。曹公打發他走，說：「你的母親在張邈那裏，你可以離開。」畢諶叩頭表示決無二心，曹公稱讚他，為他落淚。但畢諶出來後就逃走了。及至呂布失敗，畢諶被活捉，眾人都為畢諶感到危懼，曹公卻說：「一個人能孝順自己的父母，難道不也能忠於君上嗎？這正是我要找的人才。」於是任畢諶作魯國相。

四年春二月，公還至昌邑①。張楊將楊醜殺楊②，眭固又殺醜，以其眾屬袁紹，屯射犬③。夏四月，進軍臨河，使史渙、曹仁渡河擊之。固使楊故長史薛洪、河內太守繆尚留守④，自將兵北迎紹求救，與渙、仁相遇犬城⑤。交戰，大破之，斬固。公遂濟河，圍射犬。洪、尚率眾降，封為列侯⑥。還軍敖倉，以魏种為河內太守⑦，屬以河北事。

初，公舉种孝廉。兗州叛，公曰：「唯魏种且不棄孤也。」及聞种走，公怒曰：「种不南走越、北走胡，不置汝

四年春二月，曹公回到昌邑。張楊的部將楊醜殺死張楊，眭固又殺死楊醜，帶領張楊的隊伍歸屬袁紹，駐紮在射犬。夏四月，曹公進軍到達黃河邊，派史渙、曹仁渡河擊眭固。眭固派張楊原來的長史薛洪、河內太守繆尚留守，自己帶兵北迎袁紹，向他求救，與史渙、曹仁在犬城相遇。雙方交戰，大破眭固軍，殺死眭固。於是曹公渡過黃河，包圍射犬。薛洪、繆尚率領部下投降，都被封為列侯。曹公回兵駐在敖倉，委派魏种做河內太守，把黃河以北的事交付給他。

起初，曹公薦舉魏种為孝廉。兗州反叛時，曹公說：「只有魏种不會背棄我。」

也！」既下射犬，生禽种，公曰：「唯其才也！」釋其縛而用之。

是時，袁紹既幷公孫瓚，兼四州之地[8]，眾十餘萬，將進軍攻許。諸將以為不可敵，公曰：「吾知紹之為人，志大而智小，色厲而膽薄，忌克而少威，兵多而分畫不明，將驕而政令不一。土地雖廣，糧食雖豐，適足以為吾奉也。」

❶昌邑：縣名，在今山東金鄉縣西北。❷張楊：當時軍閥之一，官為大司馬，當時駐在野王（今河南沁陽）。❸射犬：野王縣的一個聚邑，在今沁陽東北。❹長史：三公、將軍府的高級僚佐，總理府事。❺犬城：地址不詳，當在射犬北。❻列侯：爵名，簡稱「侯」，次於諸侯王，有封邑。❼河內：郡名，治懷縣，在今河南武陟縣西南。❽四州：青、冀、幽、并。并州轄今山西大部、陝西北部和內蒙、河北各一部，治晉陽，在今山西太原市西南。

及至聽說魏种也跑了，曹公很生氣，說：「只要你魏种不是往南跑到越人地區，往北跑到胡人地區，我就不會放過你！」攻下射犬之後，活捉魏种，曹公卻說：「就只因為捨不得他的才能啊！」給他解綁並加以任用。

當時袁紹吞併了公孫瓚，兼有四州之地，人馬十幾萬，將要進軍攻許。諸將認為敵不過他，曹公說：「我了解袁紹的為人，志向大而才智低，外表強而膽量小，嫉妒刻薄而缺乏威嚴，兵多而部署不明，將領驕橫而政令不一。所以，土地雖然廣大，糧食雖然豐富，但正好用來奉送給我。」

秋八月，公進軍黎陽①，使臧霸等入青州，破齊、北海、東安②，留于禁屯河上。九月，公還許，分兵守官渡③。冬十一月，張繡率眾降，封列侯。十二月，公軍官渡。

袁術自敗於陳，稍困，袁譚自青州遣迎之④。術欲從下邳北過，公遣劉備、朱靈要之。會術病死。程昱、郭嘉聞公遣備，言於公曰：「劉備不可縱。」公悔，追之不及。備之未東也，陰與董承等謀反，至下邳，遂殺徐州刺史車胄，舉兵屯沛⑤。遣劉岱、王忠擊之，不克。

秋八月，曹公進軍黎陽，派臧霸等進入青州，攻破齊郡、北海郡、東安郡，留于禁駐紮在黃河邊。九月，曹公回到許，分兵守官渡。冬十一月，張繡率部投降，被封為列侯。十二月，曹公進駐官渡。

袁術自從在陳縣失敗後，日漸困窘，袁譚從青州派人迎接他。袁術想經過下邳北上，曹公派劉備、朱靈攔擊他。恰好這時袁術病死。程昱、郭嘉聽說曹公派遣劉備，對曹公說：「劉備不能放走。」曹公後悔，派人追趕已來不及。當劉備尚未東走之際，暗裏與董承等人謀反，到了下邳，便殺死徐州刺史車胄，將軍隊駐在沛縣。曹公派遣劉岱、王忠前去攻打，未能成功。

盧江太守劉勳率眾降⑥，封為列侯。

五年春正月，董承等謀泄，皆伏誅。公將自東征備，諸將皆曰：「與公爭天下者，袁紹也。今紹方來而棄之東，紹乘人後，若何？」公曰：「夫劉備，人傑也，今不擊，必為後患。袁紹雖有大志，而見事遲，必不動也。」郭嘉亦勸公。遂東擊備，破之，生禽其將夏侯博。備走奔紹，獲其妻子。

❶黎陽：縣名，在今河南浚縣東。❷齊：王國名，治臨淄。東安：郡名，治今山東沂水縣南。❸官渡：地名，在今河南中牟東北。❹袁譚：袁紹長子，紹任為青州刺史。❺沛：縣名，即今江蘇沛縣。❻盧江：郡名，當時治皖縣，即今安徽潛山。

盧江太守劉勳率部眾投降，被封為列侯。

五年春正月，董承等人的陰謀洩露，都被處死。曹公准備親自東征劉備。諸將都說：「同您爭奪天下的人是袁紹。現在袁紹正打算前來進攻我們，而您卻丟下不管，親自東征。要是袁紹乘機襲擊我們後方，怎麼辦？」曹公說：「劉備此人，是人中的豪傑，現在不打垮他，必將成為後患。袁紹雖有大志，但遇事猶豫不決，他一定不會動的。」郭嘉也支持曹公的看法，於是東攻劉備，將其擊潰，活捉其部將夏侯博。劉備逃奔袁紹，曹公只俘獲了他的妻兒。

備將關羽屯下邳，復進攻之，羽降。昌豨叛為備，又攻破之。公還官渡，紹卒不出。

二月，紹遣郭圖、淳于瓊、顏良攻東郡太守劉延于白馬[①]，紹引兵至黎陽，將渡河。夏四月，公北救延。荀攸說公曰：「今兵少不敵，分其勢乃可。公到延津[②]，若將渡兵向其後者，紹必西應之，然後輕兵襲白馬，掩其不備，顏良可禽也。」公從之。紹聞兵渡，即分兵西應之。公乃引軍兼行趣白馬，未至十餘里，良大驚，來逆戰。使張遼、關羽

劉備的部將關羽駐在下邳，曹公又進攻下邳，關羽投降。因為昌豨反叛投歸劉備，所以又攻破了他。直到曹公回到官渡，袁紹始終沒有出動。

二月，袁紹派郭圖、淳于瓊、顏良進攻駐在白馬的東郡太守劉延，袁紹領兵到黎陽，將要南渡黃河。夏四月，曹公往北援救劉延。荀攸對曹公說：「現在我們兵少敵不過袁紹，應當分散他的兵力才行。您到延津，做出將要進兵渡河攻其後方的姿態，這樣袁紹必然分兵西來同我對抗；然後輕兵偷襲白馬，掩其不備，顏良就可以捉住了。」曹公採納了他的計策。袁紹聽說曹公的軍隊渡河，果然分兵往西

前登，擊破，斬良。遂解白馬圍，徙其民，循河而西。紹於是渡河追公軍，至延津南。公勒兵駐營南阪下，使登壘望之，曰：「可五六百騎。」有頃，復白：「騎稍多，步兵不可勝數。」公曰：「勿復白。」乃令騎解鞍放馬。是時，白馬輜重就道，諸將以為敵騎多，不如還保營。荀攸曰：「此所以餌敵，如何去之！」紹騎將文醜與劉備將五六千騎前後至。

❶白馬：縣名，在今河南滑縣東，在當時的黃河南岸，隔河與黎陽相對。❷延津：古黃河自今河南延津西北至滑縣以北一段渡口，總稱延津，在黎陽、白馬之西。

對抗。於是曹公領兵日夜兼程直趨白馬，到離白馬還有十多里的地方，顏良大驚，前來迎戰。曹公派張遼、關羽首先出陣，擊敗敵軍，殺死顏良。於是解除了白馬之圍，遷徙當地人民，沿黃河西行。袁紹這時渡河追趕曹公的軍隊，到達延津以南。曹公部署軍隊駐營於南坡下，叫人登上營壘瞭望。瞭望的人說：「大約有五六百騎兵。」過一會兒，又報：「騎兵越來越多，步兵數不清。」曹公說：「不要再報。」於是下令騎兵解鞍放馬。當時，從白馬來的輜重已經上路，諸將認為敵人的騎兵多，不如返回駐守軍營。荀攸說：「這是用來引誘敵人的，怎麼能撤回？」袁紹的騎兵將領文醜與劉備率領五六千騎兵先後來到。

諸將復白：「可上馬。」公曰：「未也。」有頃，騎至稍多，或分趣輜重。公曰：「可矣。」乃皆上馬。時騎不滿六百，遂縱兵擊，大破之，斬醜。良、醜皆紹名將也，再戰，悉禽，紹軍大震①。公還軍官渡。紹進保陽武②。關羽亡歸劉備。

八月，紹連營稍前，依沙堆為屯，東西數十里。公亦分營與相當，合戰不利。時公兵不滿萬，傷者十二三。紹復進臨官渡，起土山、地道。公亦於內作之，以相應。紹射營中，矢如雨下，行者皆蒙楯，眾大懼。時公糧少，與荀彧

眾將又報告說：「可以上馬了。」曹公說：「還不忙。」過一會兒，敵人騎兵來得更多了，有的還分開去搶軍用物資。曹公說：「可以了。」於是都上了馬。這時騎兵不滿六百，於是縱兵出擊，大破敵軍，殺死文醜。顏良、文醜都是袁紹的名將。再次作戰，又活捉了另一些大將，袁紹軍大為震驚。於是曹公回軍官渡，袁紹進兵守陽武。關羽逃歸劉備。

八月，袁紹連接軍營逐漸向前推進，依靠沙堆紮營，東西延綿數十里。曹公也分兵紮營與他相對，然而交戰不利。當時曹公兵不足一萬，受傷的有十分之二三。袁紹又進兵抵官渡，起土山，挖地道。曹公也在

書，議欲還許。彧以為：「紹悉眾聚官渡，欲與公決勝敗。公以至弱當至強，若不能制，必為所乘，是天下之大機也。且紹，布衣之雄耳，能聚人而不能用。夫以公之神武明哲而輔以大順，何向而不濟！」公從之。

孫策聞公與紹相持，乃謀襲許，未發，為刺客所殺。

❶ 再戰，悉禽：似乎是擒顏良、文醜，不通。此句《三國志・袁紹傳》作：「再戰，禽紹大將，紹軍大震。」今據此翻譯。❷ 陽武：縣名，在今河南原陽縣東南。

自己防線內作土山地道與他相應。袁紹軍向曹營射箭，箭如雨下，走路的人都得用盾牌掩蔽，士兵都很害怕。當時軍糧也不多，所以曹公給荀彧寫信，打算回許。荀彧回信認為：「袁紹全部人馬聚集官渡，想同您決一勝敗。您以最弱的兵力對付最強的敵人，如不能壓倒他，就一定會被他乘機打敗。這是天下成敗的重要關頭。袁紹此人，只能算是平民中的一個強者，能聚集人材卻不能正確加以使用。憑着您非凡的勇武和智慧，再加上您代天子討伐奸賊，名正言順，哪有不成功的呢！」曹公聽從了他的意見。

孫策聽説曹公與袁紹在官渡相持，便策劃偷襲許都，但尚未出發，就被刺客所殺。

汝南降賊劉辟等叛應紹，略許下。紹使劉備助辟，公使曹仁擊破之。備走，遂破辟屯。

袁紹運穀車數千乘至，公用荀攸計，遣徐晃、史渙邀擊，大破之，盡燒其車。公與紹相拒連月，雖比戰斬將，然眾少糧盡，士卒疲乏。公謂運者曰：「卻十五日為汝破紹，不復勞汝矣。」冬十月，紹遣車運穀，使淳于瓊等五人將兵萬餘人送之，宿紹營北四十里。紹謀臣許攸貪財，紹不能足，來奔，因說公擊瓊等。左右疑之，荀攸、賈詡勸公。

汝南投降的黃巾賊劉辟等人反叛回應袁紹，攻掠許都附近。袁紹使劉備前往援助劉辟，曹公派曹仁擊敗劉備，劉備逃走，於是攻破了劉辟的營寨。

袁紹的運糧車來了幾千輛，曹公用荀攸的計策，派遣徐晃、史渙截擊，大破敵軍，把運糧車全部燒燬。曹公與袁紹相持幾個月，雖然屢次戰鬥斬殺敵將，但兵少糧盡，士卒疲乏。曹公對運糧的人說：「再過十五天我為你們打敗袁紹，就不再有勞你們了。」十月，袁紹派車運糧，讓淳于瓊等五人帶兵萬餘人護送，住宿在袁紹的大營北四十里。袁紹的謀臣許攸貪財，袁紹不能滿足他，他就來投奔曹公，並勸說

公乃留曹洪守，自將步騎五千人夜往，會明至。瓊等望見公兵少，出陳門外。公急擊之，瓊退保營，遂攻之。紹遣騎救瓊。左右或言：「賊騎稍近，請分兵拒之。」公怒曰：「賊在背後，乃白！」士卒皆殊死戰，大破瓊等，皆斬之。紹初聞公之擊瓊，謂長子譚曰：「就彼攻瓊等，吾攻拔其營，彼固無所歸矣。」乃使張郃、高覽攻曹洪。郃等聞瓊破，

曹公襲擊淳于瓊等人。左右的人都認為可疑，只有荀攸、賈詡勸曹公前往。於是曹公留曹洪守營，自己率領步兵、騎兵共五千人乘夜前往，正好天明到達。淳于瓊等人望見曹公兵少，出營門外擺開陣勢。曹公急速進擊，淳于瓊退保軍營，於是揮軍攻營。袁紹遣騎兵援救淳于瓊。左右的人有的說：「敵人的騎兵逐漸靠近，請分兵抵禦。」曹公發怒說：「敵人來到背後，再稟告我！」士兵們都拼死戰鬥，大破淳于瓊等人，把五人全部殺死。袁紹起初聽說曹公去打淳于瓊，對長子袁譚說：「就讓他進攻淳于瓊吧，我攻破他的大營，他就無處可歸了。」於是派張郃、高覽進攻曹洪。張郃等人聽說淳于瓊被打敗，

遂來降。紹眾大潰，紹及譚棄軍走，渡河。追之不及，盡收其輜重圖書珍寶，虜其眾。公收紹書中，得許下及軍中人書，皆焚之。冀州諸郡多舉城邑降者。

初，桓帝時有黃星見于楚、宋之分[1]，遼東殷馗善天文，言後五十歲當有真人起于梁、沛之間，其鋒不可當。至是凡五十年，而公破紹，天下莫敵矣。

六年夏四月，揚兵河上，擊紹倉亭軍[2]，破之。紹歸，復收散卒，攻定諸叛郡縣。九月，公還許。

就來投降了。袁紹的部隊大潰，袁紹和袁譚棄軍逃走，渡過黃河。曹公軍追趕不及，繳獲了全部軍用物資、圖書珍寶，俘虜了袁軍大量兵眾。曹公從收繳的袁紹書信中，得到許都和軍中人寫給袁紹的信，全都燒了。冀州很多郡都舉城前來投降。

起初，漢桓帝時有黃星出現在楚、宋區域，遼東人殷馗善於根據天文占卜吉凶，他說五十年後將有真命天子起於梁、沛之間，其鋒銳不可當。從那時到建安五年共五十年，恰好曹公擊潰袁紹，天下無敵了。

六年夏四月，曹公在黃河邊上炫耀兵

紹之未破也，使劉備略汝南，汝南賊共都等應之。遣蔡揚擊都，不利，為都所破。公南征備。備聞公自行，走奔劉表，都等皆散。

七年春正月，公軍譙，令曰：「吾起義兵，為天下除暴亂。舊土人民，死喪略盡，國中終日行，不見所識，使吾悽愴傷懷。其舉義兵已來③，

❶楚、宋：楚，指今湖北、湖南一帶古楚國地。宋，指今河南商丘一帶古宋國地。❷倉亭：即黃河渡口倉亭津，在今河南范縣東北。❸已來：已，古同「以」。「已來」即「以來」。

力，並進攻袁紹倉亭的軍隊，將它擊潰。袁紹回河北後，重新收集潰兵，平定了反叛的各個郡縣。九月，曹公回到許。

當袁紹尚未被打敗時，派劉備攻掠汝南，汝南賊共都等人起來回應。曹公派遣蔡揚打共都，不利，被共都打敗。於是曹公南征劉備。劉備聽說曹公親自出征，逃往荊州投奔劉表，共都等人全部潰散。

七年春正月，曹公駐軍於譙縣，下令說：「我發起義兵，替天下掃除暴亂。故鄉的人民，幾乎都死亡了，在縣境內走一整天，見不到一個認識的人，使我深感悲傷。現在我命令：從發起義兵以來，

將士絕無後者，求其親戚以後之，授土田，官給耕牛，置學師以教之。為存者立廟，使祀其先人。魂而有靈，吾百年之後何恨哉！」遂至浚儀①，治睢陽渠，遣使以太牢祀橋玄。進軍官渡。

紹自軍破後，發病歐血，夏五月死，小子尚代。譚自號車騎將軍，屯黎陽。秋九月，公征之，連戰，譚、尚數敗退，固守。

八年春三月，攻其郭，乃出戰，擊，大破之，譚、尚夜遁。夏四月，進軍鄴。

凡將士絕了後的，要找到他們的親戚作為他們的後嗣，授給田地，由官府給予耕牛，並設置學校教師教育他們。替活着的人修建廟宇，使他們祭祀自己的先人。如果人死之後真有靈魂的話，我死之後還有甚麼遺恨呢！」於是曹公到浚儀縣，修築睢陽渠，派遣使者用牛羊豬三牲祭祀橋玄。然後進軍官渡。

袁紹自從兵敗以後，發病吐血，這年夏五月死去，小兒子袁尚繼承他的職位。長子袁譚自稱車騎將軍，屯兵於黎陽。秋九月，曹公出征袁譚、袁尚，連續作戰。袁譚、袁尚多次敗退，入城堅守。

五月，還許，留賈信屯黎陽。

己酉，令曰：「《司馬法》『將軍死綏』②，故趙括之母乞不坐括③。是古之將者，軍破于外，而家受罪于內也。自命將征行，但賞功而不罰罪，非國典也。其令諸將出征，敗軍者抵罪，失利者免官爵。」

❶ 浚儀：縣名，即今河南開封。❷《司馬法》：古兵書，成書於戰國時。今有殘本。❸ 趙括：戰國時趙國名將趙奢的兒子，少讀兵法，好紙上談兵。秦攻趙，趙王不聽趙括母親的勸阻，任括為將。趙母向趙王請求：如果趙括不稱職，允許她不受連累。

八年春三月，攻黎陽外城，袁軍出戰，曹軍大破袁軍，袁譚、袁尚夜裏逃跑。夏四月，進軍鄴縣。五月，曹公回許，留賈信屯守黎陽。

己酉這一天，下令說：「《司馬法》說『將軍退卻者死』，因此趙括的母親請求在趙括打敗仗之後不受連累。這說明古代帶兵的人，在前方打了敗仗，家屬在後方也要治罪的。自從我派遣將帥出征以來，只賞功而不罰罪，這不合於國家的制度。現命令：諸將出征，敗軍者按罪責輕重給以應得的懲處，失利者免除官職和爵位。」

秋七月，令曰：「喪亂以來，十有五年，後生者不見仁義禮讓之風，吾甚傷之。其令郡國各修文學①，縣滿五百户置校官，選其鄉之俊造而教學之，庶幾先王之道不廢，而有以益于天下。」

八月，公征劉表，軍西平②。公之去鄴而南也，譚、尚爭冀州，譚為尚所敗，走保平原。尚攻之急，譚遣辛毗乞降請救。諸將皆疑，荀攸勸公許之，公乃引軍還。冬十月，到黎陽，為子整與譚結婚。尚聞公北，乃釋平原還鄴。東平呂曠、呂翔叛

秋七月，下令說：「自戰亂已來十五年了，年輕一代看不到仁義禮讓的風氣，我深感痛心。現命令郡國各自興辦學校，人口滿五百戶的縣設置學官，選擇本地的優秀子弟施以教育。這樣，或可使先王之道不致廢絕，從而有益於天下。」

八月，曹公征劉表，駐軍西平縣。當曹公離開鄴縣南征之後，袁譚、袁尚爭奪冀州，袁譚被袁尚打敗，跑回平原郡據守。袁尚加緊進攻，袁譚派遣辛毗前來請降並請求援救。諸將都懷疑袁譚，而荀攸勸曹公答應他，於是曹公又率軍回來。冬十月，到達黎陽，為兒子曹整娶了袁譚的女兒。袁尚聽說曹公北進，於是放棄對平

尚，屯陽平③，率其眾降，封為列侯。

九年春正月，濟河，遏淇水入白溝以通糧道④。二月，尚復攻譚，留蘇由、審配守鄴。公進軍到洹水，由降。既至，攻鄴，為土山、地道。武安長尹楷屯毛城⑤，通上黨糧道⑥。夏四月，留曹洪攻鄴，公自將擊楷，破之而還。尚將沮鵠守邯鄲，又擊拔之。易陽令韓範、涉長梁岐舉縣降⑦，

❶ 文學：官辦的地方學校。❷ 西平：縣名，在今河南省西平縣西。❸ 陽平：縣名，在今山東莘縣。❹ 淇水：流經河南淇縣東，南入黃河。白溝：在河南浚縣西，發源處接近淇水。❺ 武安：縣名，在今河北武安西南。毛城：地名，在今河北涉縣西。❻ 上黨：郡名，治壺關縣，在今山西長治市北。❼ 易陽：縣名，在今河北永年縣西。涉：侯國（相當於縣）名，在今河北涉縣西北。

原的進攻而回到鄴。東平人呂曠、呂翔反叛袁尚，屯軍陽平，率領部下來投降，被封為列侯。

九年春正月，渡過黃河，攔截淇水進入白溝以通糧道。二月，袁尚又進攻袁譚，留蘇由、審配守鄴城。曹公進軍到洹水，蘇由投降。待大軍到達，就攻打鄴城，壘土山，挖地道。袁尚所任命的武安縣長尹楷駐紮在毛城，守護上黨至鄴的糧道。夏四月，曹公留曹洪攻鄴，而親自帶兵打尹楷，擊潰尹楷之後方才回師。袁尚的部將沮鵠守邯鄲，而曹公又進攻沮鵠，攻克邯鄲。袁尚所任易陽縣令韓範、涉縣長梁岐各以本縣投降，

賜爵關內侯①。五月，毀土山、地道，作圍塹，決漳水灌城；城中餓死者過半。秋七月，尚還救鄴，諸將皆以為「此歸師，人自為戰，不如避之」。公曰：「尚從大道來，當避之；若循西山來者，此成禽耳。」尚果循西山來，臨滏水為營。夜遣兵犯圍，公逆擊破走之，遂圍其營。未合，尚懼，〔遣〕故豫州刺史陰夔及陳琳乞降，公不許，為圍益急。尚夜遁，保祁山②，追擊之。其將馬延、張顗等臨陳降，衆大潰，尚走中山③。盡獲其輜重，得尚印綬節鉞，使尚降人示其家，城中崩沮。八月，審配兄子榮

被賜爵關內侯。五月，平毀土山地道，挖掘圍城壕溝，決開漳水灌鄴城；城裏人餓死過半。秋七月，袁尚回兵救鄴。眾將都認為「這是歸來的軍隊，人自為戰，不如避開它」。曹公說：「袁尚若從大路來，應當退避；如果他沿着西山來，那就只能是自投羅網。」袁尚果然沿西山來，靠近滏水紮營，夜裏派兵進犯曹公圍城的部隊。曹公迎擊，把他打得大敗而逃，進而包圍他的軍營。尚未合圍，袁尚就害怕，派前豫州刺史陰夔和陳琳來請降，曹公不許，包圍越緊。袁尚乘夜逃走，據守祁山，曹軍追擊。袁尚部將馬延、張顗等人臨陣投降，袁軍大潰，袁尚逃往中山。繳獲了他的全部軍用物資，並得到袁尚的官

夜開所守城東門內兵。配逆戰，敗，生禽配，斬之，鄴定。公臨祀紹墓，哭之流涕；慰勞紹妻，還其家人寶物，賜雜繒絮，廩食之。

初，紹與公共起兵，紹問公曰：「若事不輯，則方面何所可據？」公曰：「足下意以為何如？」紹曰：「吾南據河，北阻燕、代④，兼戎狄之眾，南向以爭天下，庶可以濟乎？」

❶關內侯：為秦漢二十等爵的第十九級，次於列侯，食一定戶數的租稅，但無封地。❷祁山：當在今河南安陽界。❸中山：王國名，治盧奴縣，在今河北定州。❹燕、代：指今河北北部、山西東北部一帶。

印、綬帶、符節、黃鉞，又使袁尚部下來降的人拿回去給其家屬看，於是城中人心瓦解。八月，審配兄子審榮晚上打開他所把守的城東門，把曹公的兵放進城。審配迎戰而敗，被生擒斬首，鄴城平定。曹公親臨袁紹墓前進行祭奠，哀哭流淚；又慰勞袁紹的妻室，把寶物還給他的家人，並賜給各種繒帛絲絮，由官府供給口糧。

起初，袁紹與曹公一齊起兵，袁紹問曹公：「如果事情不成，那麼哪一方可以割據？」曹公說：「您心中以為如何？」袁紹說：「我南據黃河，北憑燕、代的險阻，兼有戎狄的士眾，南向以爭奪天下，或許可以成功吧！」

公曰：「吾任天下之智力，以道御之，無所不可。」

九月，令曰：「河北罹袁氏之難，其令無出今年租賦。」重豪強兼併之法，百姓喜悅。天子以公領冀州牧，公讓還兗州。

公之圍鄴也，譚略取甘陵、安平、勃海、河間①。尚敗還中山，譚攻之，尚奔故安②，遂幷其眾。公遺譚書，責以負約，與之絕婚，女還，然後進軍。譚懼，拔平原，走保南皮③。十二月，

曹公說：「我使用天下人的才智與力量，以正確的原則加以駕馭，無論在哪裏都可以。」

九月，下令說：「由於河北遭受袁氏統治的災難，特令不交今年的租賦。」同時，加重懲治豪強兼併貧民的法律，百姓很高興。漢獻帝任命曹公兼任冀州牧，曹公辭去兗州牧。

當曹公包圍鄴城的時候，袁譚攻佔了甘陵、安平、勃海、河間等郡國。袁尚敗回中山，袁譚進攻袁尚，袁尚逃到故安，袁譚兼併了他的軍隊。曹公寫信給袁譚，指責他背約，決定和他斷絕婚姻關係，

公入平原，略定諸縣。

十年春正月，攻譚，破之，斬譚，誅其妻子，冀州平。下令曰：「其與袁氏同惡者，與之更始。」令民不得復私讎，禁厚葬，皆一之于法。是月，袁熙大將焦觸、張南等叛攻熙、尚④，熙、尚奔三郡烏丸⑤。觸等舉其縣降，封為列侯。初討譚時，民亡椎冰，令不得降。頃之，亡民有詣門首者，

❶甘陵：王國名，治甘陵縣，在今山東臨清東。安平：王國名，治信都縣，在今河北冀州。河間：王國名，治樂成縣，在今河北獻縣東南。❷故安：縣名，在今河北易縣東南。❸南皮：縣名，渤海郡治所。在今河北省。❹袁熙：袁紹次子。❺三郡烏丸：指遼西、上谷、右北平三郡的烏丸。烏丸為古代北方的一種少數民族。遼西郡治陽樂，在今遼寧義縣西。上谷郡治沮陽縣，在今河北懷來東南。右北平郡治土垠，在今河北豐潤東。

叫他女兒回去，然後向袁譚進軍。袁譚害怕，撤離平原，跑到南皮據守。十二月，曹公進入平原，攻掠並平定各縣。

十年春正月，進攻袁譚，將他擊潰，殺了袁譚，並處死其妻兒，冀州平定。曹公下令：「同袁氏一起做過壞事的人，允許改過自新。」又命令人民不得報私仇，禁止鋪張的葬禮，違者一律依法懲治。同月，袁熙手下大將焦觸、張南等人反叛並進攻袁熙、袁尚，袁熙、袁尚投奔三郡烏丸。焦觸等人以故安縣投降，被封為列侯。最初討伐袁譚時，曾徵發百姓椎河冰以通船，有很多人逃亡，於是下令不許接受這些人歸降。不久，逃亡的百姓有人上門自首，

公謂曰：「聽汝則違令，殺汝則誅首，歸，深自藏，無為吏所獲。」民垂泣而去，後竟捕得。

夏四月，黑山賊張燕率其眾十餘萬降，封為列侯。故安趙犢、霍奴等殺幽州刺史、涿郡太守①。三郡烏丸攻鮮于輔於獷平②。秋八月，公征之，斬犢等，乃渡潞河救獷平，烏丸奔走出塞。

九月，令曰：「阿黨比周，先聖所疾也。聞冀州俗，父子異部，更相毀譽，昔直不疑無兄③，世人謂之盜嫂；第五

曹公對他說：「我若放了你就違背已經下達的命令，若殺了你又是殺自首的人，都不好辦。你回去，深深藏起來吧，不要被官吏捉住。」這個人流着淚走了，但後來終究被逮住。

夏四月，黑山賊張燕率領部眾十餘萬人投降，被封為列侯。故安人趙犢、霍奴等人殺死幽州刺史和涿郡太守。三郡烏丸進攻鮮于輔於獷平。秋八月，曹公前往征討，斬趙犢等人，並渡過潞河救獷平，烏丸人逃出塞外。

九月，下令說：「徇私結黨，狼狽為奸，這是先聖孔子所痛恨的。聽說冀州的

伯魚三娶孤女④，謂之撾婦翁；王鳳擅權⑤，谷永比之申伯⑥；王商忠議⑦，張匡謂之左道。此皆以白為黑、欺天罔君者也。吾欲整齊風俗，四者不除，吾以為羞。」冬十月，公還鄴。

初，袁紹以甥高幹領并州牧，公之拔鄴，幹降，遂以為刺史。幹聞公討烏丸，乃以州叛，執上黨太守，舉兵守壺關口⑧。

❶涿郡：治涿縣，即今河北涿州。❷獷平：縣名，在今北京市密雲縣東北。❸直不疑：漢文帝時人，《漢書》有傳。❹第五伯魚：第五倫，字伯魚，東漢前期人。事見《後漢書．第五倫傳》。❺王鳳：漢成帝的舅父，專斷朝政。谷永諂媚王鳳，說他「有申伯之忠」。❻申伯：周宣王舅父。❼王商：漢成帝時任丞相，被王鳳排擠，蜀郡張匡迎合王鳳，上書詆毀王商「執左道以亂政」。❽壺關：又名「壺口關」，在今山西長治市東南壺口山下。下句「壺關城」指壺關縣城。

風俗，即使是父子也各結一幫，互相誹謗，抬高自己。漢代的直不疑沒有哥哥，而世人竟誣衊他私通嫂嫂；第五倫三次娶孤女為妻，而人們卻說他打岳父；王鳳專權，谷永把他捧為申伯；王商言論忠直，張匡卻攻擊他不行正道。這些都是以白為黑、欺天騙君的行為。我將要整頓風俗，這類惡習不除，我感到羞恥。」十月，曹公回到鄴。

起初，袁紹使外甥高幹兼領并州牧，曹公攻克鄴城後，高幹投降，於是任他作并州刺史。高幹聽說曹公征討烏丸，就在并州反叛，拘押上黨太守，派兵守壺關口。

遣樂進、李典擊之，幹還守壺關城。十一年春正月，公征幹。幹聞之，乃留其別將守城，走入匈奴，求救於單于①，單于不受。公圍壺關三月，拔之。幹遂走荊州，上洛都尉王琰捕斬之②。

秋八月，公東征海賊管承，至淳于③，遣樂進、李典擊破之，承走入海島。割東海之襄賁、郯、戚以益琅邪④，省昌慮郡。

三郡烏丸承天下亂，破幽州，略有漢民合十餘萬户。袁紹皆立其酋豪為單

曹公派樂進、李典去討伐，高幹回守壺關縣城。十一年春正月，曹公征高幹。高幹聽說後，留下其他將領守城，自己跑到匈奴人那裏，向單于求救，單于不接受。曹公包圍壺關三個月，攻了下來。高幹逃往荊州，被上洛都尉王琰捉住殺了。

八月，曹公東征海賊管承，來到淳于縣，派樂進、李典打垮了管承，管承逃入海島。於是割東海郡的襄賁、郯、戚三縣以擴大琅琊國，並撤消昌慮郡。

三郡烏丸趁天下戰亂，攻破幽州，擄掠漢人共十餘萬戶。袁紹將他們的首領都任命作單于，並以本家女兒作為自己的女

于，以家人子為己女，妻焉。遼西單于蹋頓尤強，為紹所厚，故尚兄弟歸之，數入塞為害。公將征之，鑿渠，自呼沲入泒水⑤，名平虜渠，又從泃河口鑿入潞河⑥，名泉州渠，以通海。

十二年春二月，公自淳于還鄴。丁酉，令曰：「吾起義兵誅暴亂，於今十九年，所征必克，豈吾功哉？

❶單（chán）于：匈奴君主的稱號。❷上洛：縣名，在今陝西商縣。都尉：西漢時郡置都尉，相當於副太守，掌軍事。東漢僅在邊郡及內地的某些郡設置，分縣治民，職為太守。❸淳于：縣名，在今山東安丘東北。❹戚：縣名，即今山東微山縣。❺呼沲（tuó）：即今河北滹沱河，下游為子牙河，但古今河道有變化。泒（gū）水：即今流經天津的大清河。❻泃（jū）河：即今流經河北平谷入天津市界的泃河。潞河：即今北京市通州以下的北運河。

兒嫁給他們。遼西單于蹋頓最強，受袁紹厚待，所以袁尚兄弟投奔他，多次進入邊塞為害。曹公將要征討烏丸，因此開鑿河渠，從呼沲河引水入泒水，名叫平虜渠；又從泃河口鑿渠流入潞河，名叫泉州渠，以通大海。

十二年春二月，曹公從淳于回到鄴。丁酉這天，下令說：「我發起義兵掃除暴亂，到現在十九年了，所征必克，這哪裏是我個人的功勞呢？

乃賢士大夫之力也。天下雖未悉定，吾當要與賢士大夫共定之①；而專饗其勞，吾何以安焉！其促定功行封。」於是大封功臣二十餘人，皆為列侯，其餘各以次受封，及復死事之孤，輕重各有差。

將北征三郡烏丸，諸將皆曰：「袁尚，亡虜耳，夷狄貪而無親，豈能為尚用？今深入征之，劉備必說劉表以襲許。萬一為變，事不可悔。」惟郭嘉策表必不能任備，勸公行。夏五月，至無終②。秋七月，大水，傍海道不通，田疇

這是賢士大夫們的力量啊。天下雖然尚未完全平定，我一定與賢士大夫們相約共同平定；而獨享功勞，我怎能安心呢！因此要加緊評定功勞，實行封賞。」於是大封功臣二十多人，都作列侯，其餘的各自按次序受封；並給死者的孤兒免除徭役，輕重各有等差。

曹公將要北征三郡烏丸，諸將都說：「袁尚不過是個逃亡的賊子罷了，夷狄貪婪無厭，六親不認，哪能被袁尚所利用？如今深入征討烏丸，劉備必然勸說劉表來襲擊許都。萬一出了事，後悔就來不及了。」只有郭嘉料定劉表必不能採用劉備的意見，勸曹公出征。夏五月，曹公率

請為鄉導，公從之。引軍出盧龍塞③，塞外道絕不通，乃塹山堙谷五百餘里，經白檀④，歷平岡⑤，涉鮮卑庭，東指柳城⑥。未至二百里，虜乃知之。尚、熙與蹋頓、遼西單于樓班、右北平單于能臣抵之等將數萬騎逆軍。八月，登白狼山⑦，卒與虜遇，眾甚盛。公車重在後，被甲者少，左右皆懼。公登高，望虜陳不整，乃縱兵擊之，使張遼為先鋒。虜眾大崩，斬蹋頓及名王以下，

❶ 要（yāo）：約。❷ 無終：縣名，在今天津薊縣。❸ 盧龍塞：在今河北遷西縣喜峯口一帶，為河北平原通東北的交通要道。❹ 白檀：西漢舊縣名，故城在今河北灤平縣東北。此指歷其縣東境。❺ 平岡：西漢舊縣，故城在今遼寧凌源附近。❻ 柳城：西漢舊縣，故城在今遼寧朝陽市南。❼ 白狼山：當在今遼寧喀刺沁左翼蒙古族自治縣境。

軍到無終。秋七月，漲大水，沿海道路不通，田疇請求擔任嚮導，曹公同意了。於是帶領軍隊出盧龍塞，塞外道路隔絕不通，就鑿山填谷五百多里，經白檀，過平岡，經過鮮卑首領的住地，往東直指柳城。直到離柳城只有二百里，敵人才知道。袁尚、袁熙與烏丸王蹋頓、遼西單于樓班、右北平單于能臣抵之等人率領幾萬騎兵迎戰漢軍。八月，曹公登白狼山，突然與敵人相遇，敵軍人數很多。曹公運軍械的車還在後面，披鎧甲的軍士很少，左右的人都很害怕。曹公登上高處，望見敵軍陣列不整，於是放兵出擊，命張遼為先鋒。敵軍大潰，殺死蹋頓及著名的首領多人，

胡、漢降者二十餘萬口。遼東單于速僕丸及遼西、北平諸豪①，棄其種人，與尚、熙奔遼東，眾尚有數千騎。初，遼東太守公孫康恃遠不服，及公破烏丸，或說公遂征之，尚兄弟可禽也。公曰：「吾方使康斬送尚、熙首，不煩兵矣。」九月，公引兵自柳城還，康即斬尚、熙及速僕丸等，傳其首。諸將或問：「公還而康斬送尚、熙，何也？」公曰：「彼素畏尚等，吾急之則并力，緩之則自相圖，其勢然也。」十一月，至易水②，代郡烏丸行單于普富盧、上郡烏丸行單于那樓將其名王來賀③。

胡人、漢人投降的達二十多萬。遼東單于速僕丸及遼西、右北平烏丸的首領們丟下本族的人，與袁尚、袁熙逃奔遼東，部下還有幾千騎兵。起初，遼東太守公孫康仗恃居地遙遠，不服從曹公。及至曹公打敗烏丸，有人勸公乘機征伐遼東，這樣袁尚兄弟就可以捉獲了。曹公說：「我將使公孫康斬袁尚、袁熙的首級送來，無需出兵了。」九月，公領兵從柳城回來，公孫康隨即斬了袁尚、袁熙以及速僕丸等人，把他們的人頭送來。部將中有人問曹公：「您一回師，公孫康就斬袁尚、袁熙，將首級送來，這是為甚麼？」曹公說：「公孫康素來畏懼袁尚等人，我逼急了，他們就會併力來對付我們，放鬆一點他們就會

十三年春正月，公還鄴，作玄武池以肄舟師。漢罷三公官，置丞相、御史大夫④，夏六月，以公為丞相。

秋七月，公南征劉表。八月，表卒，其子琮代，屯襄陽⑤；劉備屯樊⑥。九月，公到新野⑦，琮遂降，備走夏口⑧。公進軍江陵⑨，下令荊州吏民，與之更始。

❶遼東：郡名，治襄平，在今遼寧省遼陽市。北平：即右北平郡。❷易水：即今河北西部易水，源於易縣境，南入拒馬河。❸代郡：治高柳縣，在今山西陽高縣。上郡：治膚施縣，在今陝西榆林東南。❹御史大夫：副丞相。❺襄陽：縣名，在今湖北襄陽市襄城區。❻樊：即樊城，在今襄陽市樊城區。❼新野：縣名，即今河南新野。❽夏口：即今漢口。❾江陵：縣名，即今湖北江陵。

自相火拼。根據形勢推測，必然如此。」十一月，到易水，代郡烏丸代理單于普富盧、上郡烏丸代理單于那樓率領屬下的著名首領都來祝賀。

十三年春正月，曹公回鄴，開鑿玄武池以訓練水軍。漢朝廢除三公的官，設置丞相、御史大夫。夏六月，命曹公做丞相。

秋七月，曹公南征劉表。八月，劉表死，他的兒子劉琮繼任荊州牧，駐守襄陽；劉備駐守樊城。九月，曹公到新野，劉琮投降，劉備跑到夏口。曹公進軍江陵，傳令給荊州的官吏百姓，同他們一道除舊佈新。

乃論荊州服從之功，侯者十五人；以劉表大將文聘為江夏太守①，使統本兵；引用荊州名士韓嵩、鄧義等。益州牧劉璋始受徵役②，遣兵給軍。十二月，孫權為備攻合肥③。公自江陵征備，至巴丘④，遣張憙救合肥。權聞憙至，乃走。公至赤壁⑤，與備戰，不利。於是大疫，吏士多死者，乃引軍還，備遂有荊州江南諸郡。

十四年春三月，軍至譙，作輕舟，治水軍。秋七月，自渦入淮⑥，出肥水⑦，軍合肥。辛未，令曰：「自頃以

於是評定荊州歸服的功勞，封列侯的有十五人；任用劉表手下大將文聘作江夏太守，使他統率原有的軍隊；還舉用荊州名士韓嵩、鄧義等。益州牧劉璋開始接受徵調服役，派兵補充軍隊。十二月，孫權為幫助劉備而進攻合肥。曹公從江陵出發征討劉備，到了巴丘，又派張憙救合肥。孫權聽説張憙來到，就逃走了。曹公到赤壁，與劉備作戰，不利。這時發生了嚴重的瘟疫，官兵死得很多，只好帶領軍隊回來。於是劉備佔有荊州轄境內的長江以南各郡。

十四年春三月，軍隊到達譙縣，造輕舟，訓練水軍。秋七月，從渦水進入

來，軍數征行，或遇疫氣，吏士死亡不歸，家室怨曠，百姓流離，而仁者豈樂之哉？不得已也。其令死者家無基業不能自存者，縣官勿絕廩，長吏存恤撫循，以稱吾意。」置揚州郡縣長吏，開芍陂屯田⑧。十二月，軍還譙。

十五年春，下令曰：「自古受命及中興之君，

❶江夏：郡名，劉表時治沙羨（yí），在今武昌西南。❷益州：轄今四川、雲南、貴州大部及甘肅、陝西、湖北之一部，治所在成都。❸合肥：縣名，即今安徽合肥。❹巴丘：地名，在今湖南岳陽。❺赤壁：山名，在今湖北省蒲圻西北長江南岸。❻渦（guō）：渦水，即今安徽渦河，源出河南省境，東南流至安徽懷遠入淮河。❼肥水：源出今合肥市境，北流至今安徽壽縣入淮。❽芍陂：湖名，在今安徽壽縣南。春秋時始開鑿，周圍百餘里，為古代著名水利工程。

淮水，從肥水上岸，駐兵合肥。辛未這一天，下令說：「近年以來，軍隊多次出征，有時還遇上瘟疫，兵士死亡不能回家，妻子失去丈夫，百姓流離失所，有仁愛之心的人難道喜歡這樣嗎？這是不得已啊！現命令：死者家中沒有產業不能維生的，官府不得停發口糧，地方長官要加以撫恤慰問，以稱我的心意。」設置揚州各郡縣的長官，興辦芍陂地區的屯田。十二月，軍隊回到譙縣。

十五年春，下令說：「自古以來，受天命開國的和中興的君主，

曷嘗不得賢人君子與之共治天下者乎！及其得賢也，曾不出閭巷，豈幸相遇哉？上之人不求之耳。今天下尚未定，此特求賢之急時也。『孟公綽為趙、魏老則優，不可以為滕、薛大夫①』。若必廉士而後可用，則齊桓其何以霸世②！今天下得無有被褐懷玉而釣于渭濱者乎③？又得無盜嫂受金而未遇無知者乎④？二三子其佐我明揚仄陋，唯才是舉，吾得而用之。」

冬，作銅雀台⑤。

何嘗不是得到賢人君子，同他們一道治理天下呢！當這些君主得到賢人的時候，連閭里街巷都沒有出去過，這難道是僥倖相遇嗎？其實賢人並不難得，只不過居於上位的人不去求取罷了。現今天下尚未平定，正是急需求賢之際。孔子說：『孟公綽當趙、魏諸卿的家臣是力有餘裕的，但不能用他作滕、薛這類小國的執政大夫。』這說明人的德才各有長短，不可責全求備。如果一定要廉潔之士才可以使用，就連管仲也不能用，那麼齊桓公又怎能稱霸天下！現在國內是否有像呂尚那樣身披布衣、懷抱高才，在渭水邊釣魚的人呢？又是否有像陳平那樣與嫂私通、接受賄賂、尚未遇上魏無知推薦的人呢？你們要幫助

十六年春正月，天子命公世子丕為五官中郎將⑥，置官屬，為丞相副。太原商曜等以大陵叛⑦，遣夏侯淵、徐晃圍破之。張魯據漢中，三月，遣鍾繇討之，公使淵等出河東與繇會⑧。

❶「孟公綽」句：孔子語，見《論語·憲問》。孟公綽，春秋時魯國大夫。趙、魏，春秋時晉國任卿（高級執政官）的兩大家族。老，家臣。滕、薛，在今山東境內的兩個小國。❷這是暗用管仲的事。管仲貪財，但齊桓公用他為相，終成霸業。❸褐：粗布短衣。呂尚（俗稱「姜太公」）微賤時釣於渭水之濱，被周文王發現並重用，終於佐周滅商，建立周朝。❹漢初，陳平受魏無知引薦，劉邦用為都尉。有人說他與嫂私通，收受賄賂，劉邦責備魏無知。魏無知說：「我推薦的是『奇謀之士』。只要對國家有利，即使盜嫂受金，又有何可疑的呢！」陳平最終成為名臣。❺銅雀台：在鄴縣，今河北臨漳縣西，為著名的樓台。❻五官中郎將：是皇帝侍從官。本為中級官職，不置官屬。而曹丕任此職，漢獻帝特命置官屬，為丞相副手，這是逼於曹操的權勢，以示特殊的榮寵。❼大陵：縣名，在今山西文水縣東北。❽河東：郡名，治安邑，在今山西夏縣西北。

我發現和提拔那些地位卑微的賢人，唯才是舉，使我得以任用他們。」

冬天，修建銅雀台。

十六年春正月，天子任命曹公的嫡子曹丕為五官中郎將，破格設置官屬，作丞相的副手。太原人商曜等人在大陵縣叛變，派遣夏侯淵、徐晃包圍並擊破了他們。此時張魯佔據漢中，三月，曹公派鍾繇前去討伐，又讓夏侯淵等人從河東出兵與鍾繇相會。

是時關中諸將疑繇欲自襲，馬超遂與韓遂、楊秋、李堪、成宜等叛。遣曹仁討之。超等屯潼關，公敕諸將：「關西兵精悍，堅壁勿與戰。」秋七月，公西征，與超等夾關而軍。公急持之，而潛遣徐晃、朱靈等夜渡蒲阪津①，據河西為營。公自潼關北渡，未濟，超赴船急戰。校尉丁斐因放牛馬以餌賊，賊亂取牛馬，公乃得渡，循河為甬道而南。賊退，拒渭口②。公乃多設疑兵，潛以舟載兵入渭，為浮橋，夜，分兵結營于渭南。賊夜攻營，伏兵擊破之。超等屯渭南，遣信求割河以西請和，

這時，關中諸將疑心鍾繇想襲擊自己，馬超因此與韓遂、楊秋、李堪、成宜等人反叛。曹公派曹仁前往討伐。馬超等人屯兵於潼關，曹公命令諸將：「關西兵精悍，加固壁壘，不要同他作戰。」秋七月，曹公西征，與馬超等人夾潼關而駐軍。曹公緊緊牽制住對方，而暗裏派徐晃、朱靈等人夜渡蒲阪津，佔據黃河以西紮營。曹公從潼關北渡，尚未過河，馬超軍就奔赴船急戰。校尉丁斐放牛馬以引誘敵人，賊兵亂搶牛馬，曹公才得以渡河，然後沿河修築甬道，向南推進。賊兵後退，佔據渭水口進行抗拒。曹公於是多設疑兵，暗中用船載兵進入渭水，修造浮橋，夜裏，分兵在渭水南岸紮營。賊兵晚上攻

公不許。九月，進軍渡渭。超等數挑戰，又不許；固請割地，求送任子，公用賈詡計，偽許之。韓遂請與公相見，公與遂父同歲孝廉，又與遂同時儕輩，於是交馬語移時，不及軍事，但說京都舊故，拊手歡笑。既罷，超等問遂：「公何言？」遂曰：「無所言也。」超等疑之。他日，公又與遂書，多所點竄，如遂改定者；超等愈疑遂。

❶ 蒲阪津：黃河渡口，在今山西省永濟西。❷ 渭口：渭水入黃河的水口。

營，曹公伏兵擊敗他們。馬超等人屯軍渭水以南，派遣使者求割黃河以西請和，曹公不許。九月，進軍渡過渭水。馬超等人多次挑戰，又不允許；馬超執意請求割地，並願送兒子作人質。曹公採用賈詡的計策，假裝允許。韓遂請求同曹公相見。曹公與韓遂的父親曾是同年的孝廉，又與韓遂是曾同時在漢朝做官的同輩人，於是交馬相會，談了好久，都不涉及軍事，只談京師的老朋友舊事，直談得拍手歡笑。會見結束之後，馬超等人問韓遂：「曹公說了甚麼？」韓遂回答：「沒說甚麼。」馬超等人起了疑心。曹公又寫信給韓遂，有意將信中文字作了很多塗改，就像是韓遂改定的一樣；馬超等人更加懷疑韓遂。

公乃與克日會戰，先以輕兵挑之，戰良久，乃縱虎騎夾擊，大破之，斬成宜、李堪等。遂、超等走涼州①，楊秋奔安定②，關中平。諸將或問公曰：「初，賊守潼關，渭北道缺，不從河東擊馮翊而反守潼關③，引日而後北渡，何也？」公曰：「賊守潼關，若吾入河東，賊必引守諸津，則西河未可渡④；吾故盛兵向潼關，賊悉眾南守，西河之備虛，故二將得擅取西河；然後引軍北渡。賊不能與吾爭西河者，以有二將之軍也。連車樹柵，為甬道而南，既為不可勝，且以示弱。渡渭為堅壘，虜至不出，所以驕

曹公於是約定日期會戰，先用輕裝步兵挑戰，打了很久，才出動勇猛如虎的騎兵夾擊，大破敵軍，殺死成宜、李堪等人。韓遂、馬超等人逃往涼州，楊秋逃奔安定，關中平定。部將中有人問曹公：「起初敵人守潼關，渭北一路空虛，您不從河東進攻馮翊，卻反而守潼關，拖延了若干日然後北渡，這是為甚麼？」曹公說：「賊兵守潼關，如果我軍進入河東，敵人必定引兵把守各渡口，那就不可能渡過西河，所以我把大軍開向潼關。這一來，敵人的全部軍隊南守潼關，西河的防備空虛，使徐晃、朱靈二將得以專力奪取西河。這之後我再領兵北渡，敵人不能同我爭西河，因為那裏有二將的軍隊。我連結車輛，樹立

之也，故賊不為營壘而求割地。吾順言許之，所以從其意，使自安而不為備。因畜士卒之力，一旦擊之，所謂疾雷不及掩耳。兵之變化，固非一道也。」始，賊每一部到，公輒有喜色。賊破之後，諸將問其故，公答曰：「關中長遠，若賊各依險阻，征之，不一二年不可定也。今皆來集，其眾雖多，莫相歸服，

❶涼州：轄今甘肅、寧夏及陝西、內蒙之一部。治隴縣，在今甘肅張家川。❷安定：郡名，治臨涇縣，在今甘肅鎮原縣東南。❸馮翊（píng yì）：郡名，治臨晉，即今陝西大荔縣。❹西河：指今陝西東部黃河以西之地。

木柵，築成甬道，向南推進，這樣一方面使敵人無法取勝，另一方面又表示我方兵力虛弱，以麻痹敵人。渡過渭水修築堅固的壁壘，敵人來攻，我不出戰，以此使其產生驕慢的心理；故而敵人不築營壘而要求割地。我好言答應了他，這是為了順從他的心意，使他安下心而不作防備，而我乘機積蓄士卒的力量，一下子發動攻擊，造成迅雷不及掩耳之勢。用兵的變化，本來就沒有定則啊。」起初，敵軍每一支部隊來到，曹公便有喜色。賊破之後，諸將問是甚麼緣故，曹公回答説：「關中土地遼闊，如果敵人各自憑據險阻，進行征討，沒有一二年是不能平定的。現在都來集中，人馬雖多，卻互不歸服，

軍無適主，一舉可滅，為功差易，吾是以喜。」

冬十月，軍自長安北征楊秋，圍安定。秋降，復其爵位，使留撫其民人。十二月，自安定還，留夏侯淵屯長安。

十七年春正月，公還鄴。天子命公贊拜不名，入朝不趨，劍履上殿，如蕭何故事。

馬超餘眾梁興等屯藍田①，使夏侯淵擊平之。割河內之蕩陰、朝歌、林

各軍沒有統一的主帥，則一舉可以殲滅，費力少而收效易，我因此感到高興。」

冬十月，曹公軍從長安北征楊秋，包圍安定。楊秋投降，恢復了他的爵位，讓他留在本地鎮撫當地百姓。十二月，曹公從安定回來，留夏侯淵駐守長安。

十七年春正月，曹公回鄴。天子特許曹公朝拜唱禮時不直呼姓名，入朝不小步快走，可以佩劍穿鞋上殿，這都是按照漢高祖對待蕭何的成例。

馬超的餘部梁興等人駐守藍田，曹公派夏侯淵討平了他們。割河內郡的蕩陰、

慮②，東郡之衛國、頓丘、東武陽、發干③，鉅鹿之廮陶、曲周、南和、廣平之任城④，趙之襄國、邯鄲、易陽以益魏郡⑤。

冬十月，公征孫權。

❶藍田：縣名，即今陝西藍田縣。❷蕩陰：縣名，在今河南湯陰西南。朝歌：縣名，今河南淇縣。林慮：縣名，今河南林州。❸衛國：公國，在河南范縣觀城鎮西。❹鉅鹿：郡名，治廮陶縣，在今河北寧晉縣西南。曲周：縣名，在今河北曲周縣東北。南和：縣名，即今河北南和縣。廣平：郡名，在今河北雞澤縣東。任：縣名，在今河北任縣東南。❺趙：王國名，治邯鄲，即今河北邯鄲。襄國：縣名，在今河北邢台西南。

朝歌、林慮，東郡的衛國、頓丘、東武陽、發干，鉅鹿郡的廮陶、曲周、南和、廣平郡的任縣，趙國的襄國、邯鄲、易陽等縣以擴充魏郡。

十月，曹公征孫權。

十八年春正月，進軍濡須口①，攻破權江西營，獲權都督公孫陽，乃引軍還。詔書幷十四州，復為九州②。夏四月，至鄴。

五月丙申，天子使御史大夫郗慮持節策命公為魏公③。……秋七月，始建魏社稷宗廟。天子聘公三女為貴人④，少者待年于國。九月，作金虎台⑤，鑿渠引漳水入白溝以通河⑥。冬十月，分魏郡為東西部，置都尉。十一月，初置尚書、侍中、六卿⑦。

十八年春正月，進軍濡須口，攻破孫權在江西的軍營，俘虜孫權的都督公孫陽，然後帶領軍隊回來。漢獻帝下詔合併十四州，仍為九州。夏四月，曹公回到鄴。

五月丙申，天子使御史大夫郗慮持節冊封曹公為魏國公。……秋七月，開始建立魏國的社稷宗廟。天子聘曹公的三個女兒作貴人，年少的在魏國等待成年。九月，築金虎台，開鑿河渠引漳水入白溝以通黃河。冬十月，分魏郡為東西兩部，分設都尉管理。十一月，魏國開始設置尚書、侍中、六卿等官。

馬超在漢陽，又依靠羌人為害。氐王

馬超在漢陽[8]，復因羌、胡為害。氐王千萬叛應超[9]，屯興國[10]。使夏侯淵討之。

十九年春正月，始耕籍田[11]。南安趙衢、漢陽尹奉等討超，梟其妻子，

千萬反叛回應馬超，駐軍於興國。曹公派夏侯淵前往征討。

十九年春正月，開始耕籍田。南安人趙衢、漢陽人尹奉等人討伐馬超，殺了他的妻兒懸首示眾，

❶ 濡須口：在今安徽無為縣南。濡須水出巢湖，南流經巢湖、無為至此入長江。❷ 十四州：指東漢原有的司隸、豫、冀、兗、徐、青、荊、揚、益、涼、并、幽、交十三州及建安中設置的雍州。九州：今裁省幽、并入冀，裁省司、涼於雍，裁省交州入荊、益，於是有兗、豫、青、徐、荊、揚、冀、益、雍九州，此次省併實是為了擴大曹操所領的冀州。❸ 策命：皇帝對臣下封土、授爵，把文辭寫在簡策上，叫「策命」。❹ 貴人：皇帝妃嬪的稱號，次於皇后。❺ 金虎台：在鄴縣銅雀台南。❻ 漳水：即今河北省漳河，但自磁縣以下河道已變遷。❼ 以上官職皆魏國所置，略同天子。尚書處理日常政務，侍中掌侍從應對，六卿即太常、光祿勳、衛尉、太僕、大鴻臚、大司農，分理政務。❽ 漢陽：郡名，治冀縣，在今甘肅甘谷縣東南。❾ 氐：古代西北的一種少數民族。千萬：氐王之名。❿ 興國：邑聚名，在今甘肅秦安縣東北。⓫ 籍田：也寫作「藉田」。古代天子、諸侯徵用民力耕種的田。每年春耕前，天子、諸侯在籍田上象徵性地用耒耜翻土，以示對農業生產的重視。

超奔漢中。韓遂徙金城①，入氐王千萬部，率羌、胡萬餘騎與夏侯淵戰，擊，大破之，遂走西平②。淵與諸將攻興國，屠之。省安東、永陽郡③。

安定太守毋丘興將之官④，公戒之曰：「羌、胡欲與中國通，自當遣人來，慎勿遣人往。善人難得，必將教羌、胡妄有所請求，因欲以自利；不從便為失異俗意，從之則無益事。」興至，遣校尉范陵至羌中，陵果教羌，使自請為屬國都尉⑤。公曰：「吾預知當爾，非聖也，但更事多耳。」

馬超逃奔漢中。韓遂遷出金城，進入氐王千萬部落中，率領羌人、胡人騎兵萬餘人與夏侯淵作戰。夏侯淵出擊，大破敵軍，韓遂逃往西平。夏侯淵與諸將進攻興國，屠毀此城。裁省安東、永陽二郡。

安定太守毋丘興將要上任，曹公告誡他說：「羌人若想同內地來往，應當讓他們派人來，千萬小心，不要派人前去。好人很難得，派去的人必定會教羌人胡人提出不合理的請求，以便有利於自己。不聽從吧，便會失羌人胡人的心，聽從吧，又不利於國事。」毋丘興到安定後，派校尉范陵到羌人中，范陵果然教唆羌人，使之提出請求讓自己當屬國都尉。曹公說：

三月，天子使魏公位在諸侯王上，改授金璽、赤紱、遠遊冠⑥。

秋七月，公征孫權。

初，隴西宋建自稱河首平漢王⑦，聚眾枹罕⑧，改元，置百官，三十餘年。遣夏侯淵自興國討之。冬十月，屠枹罕，斬建，涼州平。公自合肥還。

❶金城：郡名，治允吾（qiān yá），在今甘肅蘭州市西北。❷西平：郡名，治西都縣，即今青海西寧市。❸安東郡：未詳。永陽郡：在今甘肅天水市附近。❹毌（guàn）丘：複姓。❺屬國都尉：東漢於少數民族地區設置，職如太守。❻按東漢的制度，諸侯王用金璽、赤綬，戴遠遊冠；公、侯用金印、紫綬，戴進賢冠。❼隴西：郡名，治狄道，在今甘肅臨洮。❽枹（fū）罕：縣名，在今甘肅臨夏東北。

「我預先知道會這樣，這並非因為我是聖人，只不過由於我經歷的事情多罷了。」

三月，天子使魏公的地位在諸侯王之上，改授諸侯王佩用的金質璽印、赤色綬帶和遠遊冠。

秋七月，曹公征孫權。

起初，隴西人宋建自稱河首平漢王，在枹罕聚集兵眾，改年號，設百官，經歷三十多年。曹公派夏侯淵從興國前往征討。冬十月，屠滅枹罕城，斬宋建，涼州於是平定。曹公從合肥返回。

十一月，漢皇后伏氏坐昔與父故屯騎校尉完書，云帝以董承被誅怨恨公①，辭甚醜惡，發聞，后廢黜死，兄弟皆伏法。

十二月，公至孟津。天子命公置旄頭②，宮殿設鍾虡③。乙未，令曰：「夫有行之士未必能進取，進取之士未必能有行也。陳平豈篤行，蘇秦豈守信邪④？而陳平定漢業，蘇秦濟弱燕。由此言之，士有偏短，庸可廢乎？有司明思此義，則士無遺滯，官無廢業矣。」又曰：「夫刑，百姓之命也，而軍中典

十一月，漢獻帝皇后伏氏由於過去曾給她父親、原屯騎校尉伏完寫信，說皇上因為董承被殺而怨恨曹公，信中言辭很醜惡，此時被發覺，於是曹公將伏后廢免並處死，她的兄弟也依法受誅。

十二月，曹公到孟津。天子特許曹公使用「旄頭」儀仗，宮殿設鍾虡之樂。乙未，下令說：「有德行的人未必能進取，能進取的人未必有德行。陳平豈是品行敦厚的君子，蘇秦豈是守信義的人呢？然而陳平安定了漢朝的江山，蘇秦挽救了弱小的燕國。由此說來，一個人總有缺點，怎能棄而不用？望有關官員想明白這個道理，這樣就能使人材不致遺漏，官事不致

獄者或非其人，而任以三軍死生之事，吾甚懼之。其選明達法理者，使持典刑。」於是置理曹掾屬。

二十年春正月，天子立公中女為皇后。省雲中、定襄、五原、朔方郡⑤，郡置一縣領其民，合以為新興郡⑥。

❶ 董承被誅事見前文建安五年。❷ 旄頭：皇帝出行時，羽林騎士披髮先驅，稱「旄頭」。❸ 虡（jù）：懸鍾磬的木架，其兩側的柱叫「虡」。漢光武帝曾賜東海王劉強虎賁、旄頭、鍾虡之樂，說明這是榮寵諸王之制。❹ 蘇秦：戰國縱橫家，曾說服齊國歸還侵佔燕國的十座城。❺ 雲中郡：治雲中縣，在今內蒙托克托縣東北。定襄郡：治善無縣，在今山西右玉縣南。五原郡：治九原縣，在今包頭市西北。朔方郡：治臨戎縣，在今內蒙磴口縣北。❻ 新興郡：治新立的九原縣，在今山西忻州北。

荒廢了。」又說：「刑法關係到百姓的性命，而我們軍隊中掌管刑獄的人有的是不稱職的，把三軍死生的大事交給他們，我很擔心。應當選用通法明理的人，使他們掌管刑法。」於是設置專管刑獄的理曹，配置屬吏。

二十年春正月，天子立曹公的次女為皇后。省裁雲中、定襄、五原、朔方四郡，每郡改置為一縣以管轄當地民戶，並將這四縣合起來設立新興郡。

三月，公西征張魯，至陳倉①，將自武都入氐②；氐人塞道，先遣張郃、朱靈等攻破之。夏四月，公自陳倉以出散關③，至河池④。氐王竇茂眾萬餘人恃險不服，五月，公攻屠之。

西平、金城諸將麴演、蔣石等共斬送韓遂首。秋七月，公至陽平⑤。張魯使弟衛與將楊昂等據陽平關，橫山築城十餘里，攻之不能拔，乃引軍還。賊見大軍退，其守備解散。公乃密遣解慓、高祚等乘險夜襲，大破之，斬其將楊任，進攻衛，衛等夜遁，魯潰奔巴中⑥。

三月，曹公西征張魯，到陳倉，想從武都郡進入氐人地區；氐人堵塞道路，因此先派張郃、朱靈等人打敗氐人。夏四月，曹公從陳倉出大散關，到達河池縣。氐王竇茂部眾萬餘人，仗恃險阻而不順從。五月，曹公進攻並屠戮竇茂部眾。

西平郡、金城郡的將領麴演、蔣石等人共同殺了韓遂並送來首級。秋七月，曹公到陽平。張魯派他的弟弟張衛與部將楊昂等人據守陽平關，依山築城，橫亘十餘里，曹公軍隊進攻未能攻下，於是率軍撤回。敵人見大軍後退，解除守備。曹公於是秘密派遣解慓、高祚等人憑藉險要進行夜襲，大破張魯軍，殺了他的部將楊任，

公軍入南鄭，盡得魯府庫珍寶。巴、漢皆降。復漢寧郡為漢中⑦；分漢中之安陽、西城為西城郡⑧，置太守；分錫、上庸〔為上庸〕郡⑨，置都尉。

八月，孫權圍合肥，張遼、李典擊破之。

進攻張衛，張衛等人乘夜逃遁，張魯潰敗而逃奔巴中。曹公軍進入南鄭，全部繳獲了張魯的府庫珍寶。巴郡、漢中郡都來投降。將漢寧郡恢復為漢中郡；分漢中郡的安陽、西城兩縣立西城郡，設置太守；又分錫、上庸二縣為上庸郡，設置都尉。

八月，孫權圍合肥，張遼、李典擊敗吳軍。

❶陳倉：縣名，在今陝西寶雞市東。❷武都：郡名，治下辨縣，在今甘肅成縣西。❸散關：即大散關，在今寶雞西南秦嶺上。❹河池：縣名，在今甘肅徽縣西。❺陽平：關名，在今陝西勉縣東北，非今之陽平關。❻巴中：指今四川巴中、通江、南江一帶。❼漢寧郡：張魯時改漢中郡為漢寧郡。❽安陽：縣名，在今陝西石泉縣。西城：縣名，在今陝西安康西北。新立的西城郡治此。❾「為上庸」三字據《續漢書·郡國志》益州下劉昭注補。錫：縣名，在今陝西白河縣。上庸：縣名，即今湖北竹山縣。新立的上庸郡治此。

九月，巴七姓夷王朴胡、賨邑侯杜濩舉巴夷、賨民來附①，於是分巴郡②，以胡為巴東太守，濩為巴西太守，皆封列侯。天子命公承制封拜諸侯、守、相。

冬十月，始置名號侯至五大夫，與舊列侯、關內侯凡六等③，以賞軍功。

十一月，魯自巴中將其餘眾降。封魯及五子皆為列侯。劉備襲劉璋，取益州，遂據巴中。遣張郃擊之。

十二月，公自南鄭還，留夏侯淵屯

九月，巴人七姓夷王朴胡、賨邑侯杜濩率領巴夷、賨民來歸附，於是分巴郡為二郡，任朴胡作巴東太守，杜濩作巴西太守，都封為列侯。天子命令曹公代表皇帝封立或任命諸侯、太守、國相。

冬十月，開始設置名號侯至五大夫四等爵，與原有的列侯、關內侯共六等，以獎勵軍功。

十一月，張魯自巴中率領餘眾歸降，於是封張魯和他的五個兒子都為列侯。劉備襲劉璋，奪取益州，從而佔據巴中。曹公派張郃前去攻打。

漢中。

二十一年春二月，公還鄴。三月壬寅，公親耕籍田。夏五月，天子進公爵為魏王。代郡烏丸行單于普富盧與其侯王來朝。天子命王女為公主④，食湯沐邑⑤。秋七月，匈奴南單于呼廚泉將其名王來朝。待以客禮，遂留魏，使右賢王去卑監其國⑥。

十二月，曹公從南鄭返回，留夏侯淵駐守漢中。

二十一年春二月，曹公回到鄴。三月壬寅這一天，曹公親耕籍田。夏五月，天子晉升曹公的爵位為魏王。代郡烏丸代理單于普富盧與屬下的侯王來朝見。天子封魏王的女兒為公主，並賜給湯沐邑。秋七月，匈奴南單于呼廚泉率領屬下有名的首領來朝見。魏王用賓客的禮節接待他，於是呼廚泉留在魏國，而使右賢王去卑監管匈奴國政。

❶巴：古代四川、湖北一帶的一種少數民族，賨為其中的一支。七姓：即羅、朴、昝（zǎn）、鄂、度、夕、龔。為賨人中的大姓。❷巴郡：治江州，即今重慶市。曹操並未佔有此地，所分巴東、巴西二郡實為遙置。❸六等：即列侯、關內侯、名號侯、關中侯、關外侯、五大夫。❹公主：漢制，皇帝女稱公主，諸侯王之女稱「翁主」或「王主」，此時曹操已用天子之制。❺湯沐邑：皇后、公主的封地。❻右賢王：匈奴王號。

八月，以大理鍾繇為相國①。冬十月，治兵，遂征孫權。十一月，至譙。

二十二年春正月，王軍居巢②。二月，進軍屯江西郝溪③。權在濡須口築城拒守，遂逼攻之，權退走。三月，王引軍還，留夏侯惇、曹仁、張遼等屯居巢。

夏四月，天子命王設天子旌旗，出入稱警蹕④。五月，作泮宮⑤。六月，以軍師華歆為御史大夫。冬十月，天子

八月，任命大理鍾繇作魏國的相國。

冬十月，操練軍隊，並出征孫權。十一月，到達譙縣。

二十二年春正月，魏王駐軍居巢。二月，進軍駐大江以西的郝溪。孫權在濡須口築城防守，魏軍逼攻，孫權退走。三月，魏王率軍撤回，留夏侯惇、曹仁、張遼等人駐守居巢。

夏四月，天子命魏王使用天子的旌旗，進出時同天子一樣警戒清道。五月，修建泮宮。六月，以軍師華歆作魏國的御史大夫。冬十月，天子命魏王戴十二旒

命王冕十有二旒⑥，乘金根車⑦，駕六馬⑧，設五時副車⑨，以五官中郎將丕為魏太子。

劉備遣張飛、馬超、吳蘭等屯下辯；遣曹洪拒之。

的冠冕，乘坐金根車，駕六匹馬，並配置五色隨從車，立五官中郎將曹丕為魏國太子。

劉備派張飛、馬超、吳蘭等人進駐下辯縣，魏王派曹洪前去抵禦。

❶大理：官名，掌司法刑獄。相國：即丞相。❷居巢：縣名，在今安徽居巢東北。❸江西：長江在今安徽省境由西南向東北流，故稱江西、江東。郝溪：在居巢東。❹警蹕：古代帝王出稱「警」，入稱「蹕」。警，警戒；蹕，清道。❺泮宮：古代諸侯所設大學。❻旒：冠冕前後懸垂的玉串。天子十二旒，諸侯七旒，大夫五旒。❼金根車：天子所乘車，飾以金。❽駕六馬：古時天子之車駕六馬，諸侯以下駕四馬。❾五時副車：天子車後的從車，按五方配以五色。

二十三年春正月，漢太醫令吉本與少府耿紀、司直韋晃等反①，攻許，燒丞相長史王必營②，必與潁川典農中郎將嚴匡討斬之③。

曹洪破吳蘭，斬其將任夔等。三月，張飛、馬超走漢中，陰平氐強端斬吳蘭④，傳其首。

夏四月，代郡、上谷烏丸無臣氐等叛⑤，遣鄢陵侯彰討破之。

六月，令曰：「古之葬者，必居瘠

二十三年春正月，漢朝太醫令吉本與少府耿紀、司直韋晃等人反叛，進攻許都，焚燒丞相長史王必的軍營，王必與潁川典農中郎將嚴匡討伐並殺死了他們。

曹洪打敗吳蘭，殺死他的部將任夔等人。三月，張飛、馬超逃向漢中，陰平氐人強端斬吳蘭，將他的首級送來。

夏四月，代郡、上谷郡烏丸首領無臣氐等人反叛，派鄢陵侯曹彰討伐並擊敗了他們。

六月，下令說：「古代埋葬死者，必在土質瘠薄的地方。現決定在西門豹祠西

薄之地。其規西門豹祠西原上為壽陵，因高為基，不封不樹。《周禮》：『冢人掌公墓之地，凡諸侯居左右以前，卿大夫居後。』漢制亦謂之陪陵。其公卿大臣列將有功者，宜陪壽陵，其廣為兆域，使足相容。」

秋七月，治兵，遂西征劉備。九月，至長安。

❶ 太醫令：醫官名。少府：官名，掌宮中物資財政。司直：官名，佐丞相糾舉不法。❷ 丞相長史：丞相的屬官，如今天的祕書長。❸ 典農中郎將：管屯田的軍官。❹ 陰平：道名（漢代少數民族聚居的縣稱「道」），在今甘肅文縣西。❺ 無臣氏：烏丸首領名，又作「能臣氏」。

邊的高坪上規劃修建壽陵，利用高地作為基址，不堆土，不植樹。《周禮》說：『塚人掌公共墓地，諸侯卿大夫各葬在王的左右兩邊，諸侯在前，卿大夫在後。』漢朝的制度也叫做「陪陵」。茲令公卿大臣和諸將領有功者，死後可陪葬壽陵，因此要擴大陵墓區，使之能容納更多的死者。」

秋七月，操練軍隊，進而西征劉備。九月，到長安。

冬十月，宛守將侯音等反，執南陽太守，劫略吏民，保宛。初，曹仁討關羽，屯樊城，是月，使仁圍宛。

二十四年春正月，仁屠宛，斬音。

夏侯淵與劉備戰於陽平，為備所殺。三月，王自長安出斜谷①，軍遮要以臨漢中，遂至陽平。備因險拒守。夏五月，引軍還長安。

秋七月，以夫人卞氏為王后。遣于禁助曹仁擊關羽。

冬十月，宛縣守將侯音等人反叛，拘押南陽太守，劫掠官吏人民，拒守宛城。這之前，曹仁討伐關羽，屯兵樊城，這一月使曹仁包圍宛城。

二十四年春正月，曹仁屠宛城，斬侯音。

夏侯淵與劉備戰於陽平，被劉備殺死。三月，魏王從長安經由斜谷出兵，佔據險要之地，以進逼漢中，於是到達陽平。劉備憑險拒守。夏五月，魏王率軍回長安。

秋七月，立夫人卞氏為王后。派于禁

八月，漢水溢，灌禁軍，軍沒，羽獲禁，遂圍仁。使徐晃救之。

九月，相國鍾繇坐西曹掾魏諷反②，免。

冬十月，軍還洛陽。孫權遣使上書，以討關羽自效。王自洛陽南征羽，未至，晃攻羽，破之，羽走，仁圍解。王軍摩陂③。

❶ 斜（yé）谷：秦嶺中的谷道。其北口在今陝西眉縣西南，其南接褒谷，合稱褒斜道。總長四百七十里，為關中通漢中入蜀的要道。❷ 西曹掾：高級官僚的屬官，掌屬吏的任免。魏諷為魏相國府西曹掾，與長樂衛尉陳禕等圖謀襲鄴城、殺曹操，事發被誅。❸ 摩陂：在今河南郟縣東南。

幫助曹仁打關羽。

八月，漢水泛溢，于禁的軍隊被淹，全軍覆沒，關羽俘虜于禁，進而包圍曹仁。曹公派徐晃前去援救。

九月，相國鍾繇由於西曹掾魏諷謀反之事而受牽連，被免職。

冬十月，魏王軍返回洛陽。孫權派遣使者上書，願意討伐關羽以效力。魏王從洛陽南征關羽，還沒到，徐晃進攻並打敗了關羽，關羽退走，曹仁得以解圍。魏王駐軍於摩陂。

二十五年春正月，至洛陽。權擊斬羽，傳其首。

庚子，王崩于洛陽，年六十六。遺令曰：「天下尚未安定，未得遵古也。葬畢，皆除服。其將兵屯戍者，皆不得離屯部。有司各率乃職。斂以時服，無藏金玉珍寶。」謚曰武王①。二月丁卯，葬高陵②。

評曰：漢末天下大亂，羣雄並起，而袁紹虎視四州，強盛莫敵。太祖運籌演謀，鞭撻宇內，擥申、商之法術③，

二十五年春正月，到洛陽。孫權襲擊並殺了關羽，將首級送來。

庚子這一天，魏王在洛陽逝世，享年六十六歲。遺令說：「天下尚未安定，還不能遵照古禮。安葬完畢，大家都脱去喪服。帶兵駐防的將領，都不准離開部隊。各級官吏要堅守本職。以平時所穿的衣服入斂，不要埋藏金玉珍寶。」謚號叫「武王」。二月丁卯，葬於高陵。

評語：漢末天下大亂，英雄豪傑同時起兵，而袁紹據有四州，虎視眈眈，強盛無敵。太祖運籌策，施權謀，以武力征伐天下，採取申不害、商鞅的法術，兼用韓

該韓、白之奇策④，官方授材，各因其器，矯情任算，不念舊惡，終能總御皇機、克成洪業者，惟其明略最優也。抑可謂非常之人，超世之傑矣。

❶ 諡：死後根據其生平事蹟所給予的稱號。至魏文帝黃初元年，追尊曹操為武皇帝。❷ 高陵：曹操陵墓名，在鄴城西。❸ 申、商：申不害、商鞅，都是戰國法家的代表人物。❹ 韓、白：指漢初名將韓信、戰國時秦國名將白起。

信、白起的奇策，官吏各有常職，用人各因其材，克制感情，講求策略，不念舊惡，終於得以總攬朝政，完成大業，就因為他具有最為優異的聰明謀略。因此可說是一位非凡的人物、蓋世的豪傑。

荀彧傳

曹操之所以能完成他的功業，除了當時的客觀歷史條件和他本人的傑出才能之外，還靠一批見識過人的謀士替他出謀劃策。其中著名的有荀彧、荀攸、程昱、郭嘉等，而荀彧所起的作用最大。本篇中記載：他勸曹操首先鞏固兗州這塊根據地；勸曹操奉迎漢獻帝；分析曹、袁的優劣，堅定曹操擊敗袁紹的信心；勸曹操留在官渡與袁紹相持，並在打敗袁紹之後乘勝追擊，一舉平定河北；諫止曹操匆忙復置九州，以安定眾心，等等，都充分體現了荀彧高瞻遠矚的謀略。司馬懿稱讚他：「逮數十百年間，賢才未有及荀令君者也。」（本傳裴注引《荀彧別傳》）是一點也不過分的。但最後，他因為對曹操的篡位行動不以為然，受到曹操的壓抑，憂鬱而死（一說服毒自殺），很值得惋惜。

荀彧字文若，潁川潁陰人也①。祖父淑，字季和，朗陵令，當漢順、桓之間，知名當世。有子八人，號曰「八龍」。彧父緄，濟南相。叔父爽，司空。

彧年少時，南陽何顒異之，曰：「王佐才也。」永漢元年②，舉孝廉，拜守宮令③。董卓之亂，求出補吏，除亢父令，遂棄官歸，謂父老曰：「潁川，四戰之地也，天下有變，常為兵衝，宜亟去之，無久留。」鄉人多懷土猶豫。會冀州牧同郡韓馥遣騎迎之，莫有隨者，彧獨將宗族至冀州。而袁紹已奪馥位，待彧以

荀彧字文若，潁川郡潁陰縣人。祖父淑，字季和，曾任朗陵縣令，當漢順帝、桓帝之間，知名於當代。荀淑有八個兒子，號稱「八龍」。荀彧父名緄，曾任濟南國相。叔父名爽，曾任司空。

荀彧年少時，南陽人何顒非常看重他，說：「是個輔佐帝王的人才。」永漢元年，被薦舉為孝廉，任守宮令。董卓之亂時，請求出任地方官，被任命為亢父縣令，因而棄官回家。他對父老們說：「潁川是個四面受敵的爭戰之地，天下一有變故，就會經常成為軍事要衝，應當趕緊離開此地，不要長久停留。」鄉人之中很多都留戀本土，猶豫不決。適逢冀州牧同郡

上賓之禮。彧弟諶及同郡辛評、郭圖，皆為紹所任。彧度紹終不能成大事。時太祖為奮武將軍，在東郡，初平二年，彧去紹從太祖。太祖大悅，曰：「吾之子房也④。」以為司馬⑤。時年二十九。

是時，董卓威陵天下，太祖以問彧，彧曰：「卓暴虐已甚，必以亂終，無能為也。」卓遣李傕等出關東，所過虜略，至潁川、陳留而還，

❶潁陰：縣名，即今河南許昌。❷永漢：漢獻帝年號。永漢元年亦即中平六年（189）。❸守宮令：官名，管皇帝用的文具及尚書財用諸物。❹子房：即漢高祖重要謀士張良，字子房。❺司馬：將軍屬官，綜理軍府事，並參與軍謀。

韓馥派遣騎兵前來迎接，沒人跟他走，唯獨荀彧帶領宗族遷到冀州。而這時袁紹已奪了韓馥的官位，用上賓之禮接待荀彧；彧弟諶與同郡辛評、郭圖，都被袁紹所任用。荀彧估計袁紹最終不能成大事。當時魏太祖任奮武將軍，在東郡。初平二年，荀彧離開袁紹而追隨太祖，太祖非常高興，說：「這是我的張良！」用他做司馬。當時二十九歲。

這時，董卓以武力權勢淩駕全國，太祖為此事問荀彧，荀彧說：「董卓暴虐太過分了，必定會以亂亡告終，成不了甚麼大事。」董卓派李傕等出關東，所過之處大肆擄掠，直到潁川、陳留才回去，

鄉人留者多見殺略。明年，太祖領兗州牧，後為鎮東將軍，彧常以司馬從。

興平元年，太祖征陶謙，任彧留事。會張邈、陳宮以兗州反，潛迎呂布。布既至，邈乃使劉翊告彧曰：「呂將軍來助曹使君擊陶謙[1]，宜亟供其軍食。」眾疑惑。彧知邈為亂，即勒兵設備，馳召東郡太守夏侯惇，而兗州諸城皆應布矣。時太祖悉軍攻謙，留守兵少，而督將大吏多與邈、宮通謀。惇至，其夜誅謀叛者數十人，眾乃定。豫州刺史郭貢帥眾數萬來至城下，或言與呂布同謀，

荀彧本鄉留下來的人很多都被殺死或擄掠。第二年，太祖代理兗州牧，後來做鎮東將軍，荀彧常常作為司馬跟隨。

興平元年，太祖征伐陶謙，任用荀彧主管留守之事。適逢張邈、陳宮在兗州造反，暗地裏迎接呂布。呂布來到後，張邈就叫劉翊告訴荀彧說：「呂將軍來幫助曹使君打陶謙，應當趕快供給他軍糧。」眾人頗疑惑。荀彧知道張邈已經叛亂，當即約束軍隊，佈置防備，飛馬召喚東郡太守夏侯惇，但兗州各城都回應呂布了。其時太祖全軍進攻陶謙，留守的兵很少，而帶兵的將領和主要官吏大多與張邈、陳宮通謀。夏侯惇來到後，當夜殺了謀反者幾

眾甚懼。貢求見彧，彧將往。惇等曰：「君，一州鎮也，往必危，不可。」彧曰：「貢與邈等，分非素結也，今來速，計必未定，及其未定說之，縱不為用，可使中立；若先疑之，彼將怒而成計。」貢見彧無懼意，謂鄄城未易攻，遂引兵去。又與程昱計，使說范、東阿，卒全三城，以待太祖。太祖自徐州還擊布濮陽，布東走。

❶ 使君：漢代對刺史的尊稱。

十人，部下才安定下來。豫州刺史郭貢帶兵數萬來到城下，有人說他與呂布同謀，大家都很恐懼。郭貢求見荀彧，荀彧準備前往。夏侯惇等人說：「您是一州的鎮守者，前去必定危險，不能去！」荀彧說：「郭貢與張邈等人並非平素就有勾結。現在他來得很迅速，必定尚未打定主意；趁他主意未定去說服他，即使不能為我所用，也可以使他中立；如果先就猜疑他，他將會憤怒而決心與張邈等人聯合。」郭貢看到荀彧毫無懼意，認為鄄城不容易攻下，因此領兵而去。荀彧又與程昱計議，讓他去說服范、東阿二縣，終於保全了三座城，以等待太祖。太祖由徐州回擊呂布於濮陽，呂布向東逃走。

二年夏，太祖軍乘氏，大饑，人相食。陶謙死，太祖欲遂取徐州，還乃定布。彧曰：「昔高祖保關中，光武據河內，皆深根固本以制天下，進足以勝敵，退足以堅守，故雖有困敗，而終濟大業。將軍本以兗州首事，平山東之難，百姓無不歸心悅服。且河、濟①，天下之要地也，今雖殘壞，猶易以自保，是亦將軍之關中、河內也，不可以不先定。今以破李封、薛蘭，若分兵東擊陳宮，宮必不敢西顧，以其閒勒兵收熟麥，約食畜穀，一舉而布可破也。破布，然後南結揚州，共討袁術，以臨

興平二年夏天，太祖駐軍在乘氏縣。當時發生嚴重饑荒，出現人吃人的事情。這時陶謙已死，太祖想乘機取徐州，回來再平定呂布。荀彧說：「從前漢高祖保住關中，光武帝佔據河內，都是先鞏固根據地以控制天下，進足以勝敵，退足以堅守，因此雖有挫折失敗，而終於完成大業。將軍原本憑藉兗州而起事，平定山東的禍亂，百姓無不歸心悅服。況且兗州北跨黃河、濟水，是天下的要害之地，現在雖然殘破，還是容易自保，這也就是您的關中、河內，不可不先穩定。現今已擊潰李封、薛蘭，如果分兵東擊陳宮，陳宮必定不敢西顧。乘這個空隙組織軍隊收割成熟的麥子，節約糧食，儲存穀物，就可以

淮、泗。若舍布而東，多留兵則不足用，少留兵則民皆保城，不得樵採。布乘虛寇暴，民心益危，唯鄄城、范、衛可全②，其餘非己之有，是無兗州也。若徐州不定，將軍當安所歸乎？且陶謙雖死，徐州未易亡也。彼懲往年之敗，將懼而結親，相為表裏。今東方皆以收麥，必堅壁清野以待將軍，將軍攻之不拔，略之無獲，不出十日，則十萬之眾未戰而自困耳③。

❶河：黃河。濟：濟水（今已不存）。黃河、濟水流過兗州北部。❷衛：指濮陽，濮陽古屬衛地。❸耳：文言語氣詞，相當於「矣」。

一舉打垮呂布。打垮了呂布，然後南邊聯合揚州的劉繇，共同討伐袁術，以控制淮水、泗水一帶。如果放下呂布不打而東攻徐州，多留兵又不夠用，少留兵則使百姓也都來守城，不能打柴拾草。呂布乘虛侵犯殺掠，民心更加感到危懼，只有鄄城、范、濮陽三處可以保全，其餘都非自己所有，這實際上是丟了兗州。假若徐州一時拿不下，您將回到哪裏？況且陶謙雖然死了，徐州也並不容易攻克。那裏的各方鑒於往年的失敗，將會由於害怕滅亡而親密團結，裏外相互配合。現在東方都已收麥，必定堅壁清野以防備將軍，將軍進攻攻不下，搶糧無收穫，不出十天，十萬人馬就會不戰而自困了。

前討徐州，威罰實行，其子弟念父兄之恥，必人自為守，無降心，就能破之，尚不可有也。夫事固有棄此取彼者。以大易小可也，以安易危可也，權一時之勢，不患本之不固可也。今三者莫利，願將軍熟慮之。」太祖乃止。大收麥，復與布戰，分兵平諸縣。布敗走，兗州遂平。

建安元年，太祖擊破黃巾。漢獻帝自河東還洛陽，太祖議奉迎都許。或以山東未平，韓暹、楊奉新將天子到洛陽，北連張楊，未可卒制。彧勸太祖曰：「昔

上次討伐徐州，實行過暴力懲罰，徐州的子弟想到父兄被殺的恥辱，必然會人自為守，無投降之心，即使能攻破徐州，還是不能長期佔有。天下事有時需要棄此取彼。以大易小，是可以的；以安易危，是可以的；權衡一時的形勢，不怕根據地不穩固，也是可以的。而現今這三方面無一有利，希望將軍深思熟慮。」太祖這才放棄了攻徐州的打算，大力收割麥子，再次與呂布作戰，分兵平定各縣。結果呂布敗走，兗州因而平定。

建安元年，太祖擊破汝南、潁川的黃巾軍隊。漢獻帝從河東回洛陽，太祖商議迎接獻帝遷都於許。有人認為山東尚未平

〔晉文納周襄王，而諸侯景從〕①；高祖東伐，為義帝縞素②，而天下歸心。自天子播越，將軍首唱義兵，徒以山東擾亂，未能遠赴關右，然猶分遣將帥，蒙險通使。雖禦難于外，乃心無不在王室，是將軍匡天下之素志也。今車駕旋軫，〔東京榛蕪〕，義士有存本之思，百姓感舊而增哀。誠因此時，奉主上以從民望，大順也；秉至公以服雄傑，大略也；

❶景：同「影」。春秋時，周襄王與弟王子帶有矛盾，襄王出奔。晉文公迎還襄王，殺王子帶。❷縞素：白色喪服。秦末項梁（項羽叔父）起兵反秦，立楚懷王之孫為楚王，仍稱懷王；項羽自封西楚霸王之後，改稱義帝。後來被項羽殺死，劉邦命將士為義帝縞素服喪而東討項羽。

定，韓暹、楊奉新近將天子送到洛陽，北邊聯合張楊，我們對他們還不能迅速加以控制。荀彧勸太祖說：「從前〔晉文公迎接周襄王回王城，諸侯服從〕；漢高祖東征項羽，為義帝穿素衣服喪，天下歸心。自從天子流亡，您首先宣導義兵勤王，只是由於山東戰亂，未能遠赴關中，但還是分派將帥，冒着危險與朝廷聯繫。雖則您在外抗禦暴亂，但您的心無時不想到王室，這是您匡正天下的一貫志向。現在天子大駕已回京，〔而洛陽荊棘叢生，一片荒蕪〕，義士有保存朝廷的心，百姓感念舊主而更增哀傷。如能趁此時機，擁戴主上以順從人民的希望，這是大順；懷抱大公無私的心使天下豪傑歸服，這是大略；

扶弘義以致英俊，大德也。天下雖有逆節，必不能為累，明矣，韓暹、楊奉其敢為害！若不時定，四方生心，後雖慮之，無及。」太祖遂至洛陽，奉迎天子都許。天子拜太祖大將軍，進彧為漢侍中，守尚書令①。常居中持重，太祖雖征伐在外，軍國事皆與彧籌焉。太祖問彧：「誰能代卿為我謀者？」彧言荀攸、鍾繇。先是彧言策謀士，進戲志才，志才卒，又進郭嘉，太祖以彧為知人。諸所進達皆稱職，唯嚴象為揚州，韋康為涼州，後敗亡②。

扶持大義以招徠優秀人物，這是大德。這一來，天下雖有背叛朝廷的人，必不能成為禍患，是很明白的了，韓暹、楊奉豈敢為害！如不及時安定朝廷，四方產生叛離的心，事後即使想要思慮謀劃，也來不及了。」太祖於是到洛陽，迎接天子遷都於許。天子任命太祖為大將軍，提升荀彧為漢朝侍中，代理尚書令，經常居於朝中執行重任，太祖雖征伐在外，軍國大事都與荀彧籌劃。太祖問荀彧：「誰能代替您為我謀劃？」荀彧提到荀攸、鍾繇。起先，荀彧談到出謀劃策的人士，推薦戲志才，志才死後，又推薦郭嘉，太祖認為荀彧很能識察人的才能品行。他所引薦的許多人都稱職，唯有嚴象做揚州刺史，韋康做涼州刺史，後來失敗而死。

自太祖之迎天子也，袁紹內懷不服。紹既幷河朔，天下畏其強。太祖方東憂呂布，南拒張繡，而繡敗太祖軍於宛。紹益驕，與太祖書，其辭悖慢。太祖大怒，出入動靜變於常，眾皆謂以失利於張繡故也。鍾繇以問彧，彧曰：「公之聰明，必不追咎往事，殆有他慮。」則見太祖問之，太祖乃以紹書示彧，曰：「今將討不義，而力不敵，何如？」彧曰：「古之成敗者，誠有其才，雖弱必強；苟非其人，雖強易弱。

❶ 尚書令：尚書省首腦，總攬朝政。❷ 指嚴象被孫策部下殺害、韋康被馬超殺害之事。

自從太祖迎接天子都許之後，袁紹內心不服。袁紹既兼併北方，天下人都畏懼他的強盛。太祖正東憂呂布，南拒張繡，而張繡在宛縣打敗太祖軍。這一來，袁紹更加驕傲，給太祖寫信，言辭傲慢無理。太祖大怒，出入的舉動不同於平常，眾人都說是因失利於張繡的緣故。鍾繇為這事問荀彧，荀彧說：「曹公是個聰明人，必不追究往事，恐怕有其他憂慮。」於是去見太祖，詢問原由，太祖便將袁紹的信給荀彧看，說：「我現在想要討伐不義之徒，但力量敵不過他，怎麼辦呢？」荀彧說：「古來爭勝敗的人，真有才能的，縱使起初弱小，也必將強盛；如果是無能的人，縱使起初強大，也容易弱小。

劉、項之存亡，足以觀矣。今與公爭天下者，唯袁紹爾。紹貌外寬而內忌，任人而疑其心；公明達不拘，唯才所宜：此度勝也。紹遲重少決，失在後機；公能斷大事，應變無方：此謀勝也。紹御軍寬緩，法令不立，士卒雖眾，其實難用；公法令既明，賞罰必行，士卒雖寡，皆爭致死：此武勝也。紹憑世資，從容飾智，以收名譽，故士之寡能好問者多歸之；公以至仁待人，推誠心不為虛美，行己謹儉，而與有功者無所悋惜①，故天下忠正效實之士咸願為用：此德勝也。夫以四

從漢高祖與項羽的存亡，就足以看出這一點。現今同您爭天下的人，只有袁紹罷了。袁紹這人貌似寬容而內心忌刻，任人而又疑其心；而您明白豁達，不拘小節，用人唯才，這說明您在度量上勝過袁紹。袁紹處事遲緩，優柔寡斷，往往錯過時機，造成失敗；而您能決斷大事，隨機應變，不守成規，這說明您在謀略上勝過袁紹。袁紹治軍不嚴，法令不行，士卒雖多，其實難用；而您法令嚴明，信賞必罰，士卒雖少，都爭先效死，這說明您在用兵上勝過袁紹。袁紹憑藉世代門第，裝模作樣地玩弄小聰明，以博取名譽，因此士人中缺乏才能而喜好虛名的人很多都歸附於他；而您以仁愛之心待人，推誠相

勝輔天子，扶義征伐，誰敢不從？紹之強其何能為！」太祖悅。彧曰：「不先取呂布，河北亦未易圖也。」太祖曰：「然。吾所惑者，又恐紹侵擾關中，亂羌、胡，南誘蜀漢，是我獨以兗、豫抗天下六分之五也。為將奈何？」彧曰：「關中將帥以十數，莫能相一，唯韓遂、馬超最強。彼見山東方爭，

❶ 恡：同「吝」。

見，不求虛譽，對待自己謹慎節儉，而賞賜有功的人毫不吝惜，因此天下忠誠正直、有真才實學的人士都願為您所用，這說明您在品德上勝過袁紹。用以上四個方面的優勢輔佐天子，扶持正義，討伐不臣，誰敢不從？袁紹雖強，又有何用！」太祖很高興。荀彧又說：「不先打敗呂布，河北也還是不容易謀取。」太祖說：「對！我所疑惑的是，又恐怕袁紹侵擾關中，聯合羌人、胡人為亂，再向南勾引佔據巴蜀、漢中的劉璋。這一來，我獨自以兗、豫二州對抗全國的六分之五。你說該怎麼辦？」荀彧說：「關中將帥數以十計，沒人能統一起來，只有韓遂、馬超最強。他們見山東正在爭戰，

必各擁眾自保。今若撫以恩德，遣使連和相持，雖不能久安，比公安定山東，足以不動。鍾繇可屬以西事，則公無憂矣。」

三年，太祖既破張繡，東禽呂布，定徐州，遂與袁紹相拒。孔融謂彧曰：「紹地廣兵強，田豐、許攸，智計之士也，為之謀；審配、逢紀，盡忠之臣也，任其事；顏良、文醜，勇冠三軍，統其兵，殆難克乎！」彧曰：「紹兵雖多，而法不整。田豐剛而犯上，許攸貪而不治。審配專而無謀，逢紀果而自用，此

必定各自擁兵自保。現在如果用恩德安撫他們，派遣使者連和，維持友好，即使不能長久安定，但在您平定山東之前，足以使他們中立不動。關西的事情可以交給鍾繇，這樣您就可以高枕無憂了。」

建安三年，太祖打敗張繡，東擒呂布，平定徐州之後，進而與袁紹相對抗。孔融對荀彧說：「袁紹地廣兵強，又有田豐、許攸這樣的智謀之士替他策劃；有審配、逢紀這樣的盡忠之臣替他辦事；還有勇冠三軍的顏良、文醜替他統率軍隊，恐怕很難戰勝啊！」荀彧說：「袁紹兵雖多，而法令不整肅。田豐剛愎而好犯上，許攸貪婪而不檢束。審配專權而無謀，逢紀果

二人留知後事，若攸家犯其法，必不能縱也；不縱，攸必為變。顏良、文醜，一夫之勇耳，可一戰而禽也。」五年，與紹連戰。太祖保官渡，紹圍之。太祖軍糧方盡，書與彧，議欲還許以引紹。彧曰：「今軍食雖少，未若楚、漢在滎陽、成皋間也①。是時劉、項莫肯先退，先退者勢屈也。公以十分居一之眾，畫地而守之，扼其喉而不得進，已半年矣，情見勢竭，必將有變。此用奇之時，不可失也。」

❶ 楚漢戰爭時，劉邦、項羽在滎陽、成皋間相持一年多。後來雙方約定以鴻溝為界，中分天下。項羽撤軍東歸，而劉邦卻進軍追擊，終於打敗項羽。

決而專斷，審、逢二人留下來主持後方的事，如果許攸家犯了法，必定不能寬容；不能寬容，則許攸必然叛變。至於顏良、文醜，不過匹夫之勇罷了，可以一戰而擒。」五年，與袁紹連續作戰。太祖守官渡，袁紹進行包圍。太祖軍糧將盡，寫信同荀彧商量，想要回許以引開袁紹軍。荀彧回信說：「目前軍糧雖少，還比不上楚、漢在滎陽、成皋之間那樣困難。當時劉、項雙方都不肯先退，因為誰先退誰就會處於被動地位。您以僅及敵軍十分之一的兵力，劃地而守，扼住敵人的咽喉使其不能前進，已經半年了。敵人的實情已經暴露，力量已經衰竭，局面必將發生變化，這正是使用奇謀的時機，不可錯過啊。」

太祖乃住。遂以奇兵襲紹別屯，斬其將淳于瓊等，紹退走。審配以許攸家不法，收其妻子，攸怒叛紹；顏良、文醜臨陣授首；田豐以諫見誅：皆如彧所策。

六年，太祖就穀東平之安民①，糧少，不足與河北相支，欲因紹新破，以其間擊討劉表。彧曰：「今紹敗，其眾離心，宜乘其困，遂定之；而背兗、豫，遠師江、漢，若紹收其餘燼，承虛以出人後，則公事去矣。」太祖復次于河上。紹病死，太祖渡河擊紹子譚、尚，而高幹、郭援侵略河東，關右震動，鍾繇帥

於是太祖留了下來。以奇兵襲擊袁紹的其他軍營，殺死他的大將淳于瓊等，袁紹敗退而逃。審配因為許攸家不守法，收捕他的妻兒，許攸一怒之下背叛袁紹；顏良、文醜臨陣被斬首；田豐由於勸諫袁紹而被殺：都正如荀彧所料。

建安六年，太祖率軍到東平國的安民亭就地解決糧食。由於軍糧少，不足以與河北相持，想趁袁紹剛失敗，利用這個空隙討伐劉表。荀彧說：「現在袁紹失敗，部眾離心，應該利用他的困境，一舉平定河北。如果背向兗、豫，遠征江、漢，假若袁紹收羅殘部，乘虛進攻我們的背後，那麼您的大事就完了。」太祖因而再次駐

馬騰等擊破之。語在《繇傳》。八年，太祖錄彧前後功，表封彧為萬歲亭侯②。

九年，太祖拔鄴，領冀州牧。或說太祖：「宜復古置九州③，則冀州所制者廣大，天下服矣。」太祖將從之。彧言曰：「若是，則冀州當得河東、馮翊、扶風、西河、幽、幷之地④，所奪者眾。前日公破袁尚，

❶安民：亭名，在今山東鄆城縣東。❷萬歲亭：在今河南新鄭境內。❸九州：戰國時人說夏禹分天下為「九州」（九州的名稱說法不一），實際上只是一種理想。❹扶風：即右扶風，為「三輔」之一，治槐里，在今陝西興平南。其餘已見《武帝紀》P11注❸。以上地區大致包括今河北、山西及陝西渭水流域一帶。

軍於黃河邊上。此時袁紹病死，太祖渡河攻打袁紹的兒子袁譚、袁尚。而袁紹的外甥高幹和袁尚所派的河東太守郭援侵擾河東，關西震動，鍾繇率馬騰等人打敗了他們。事見本書《鍾繇傳》。建安八年，太祖累計荀彧前後的功勞，上表封荀彧為萬歲亭侯。

建安九年，太祖攻下鄴城，兼領冀州牧。有人勸太祖：「應當恢復古代區劃，設置九州，那麼冀州所控制的地面廣大，天下就會歸服。」太祖將要採納這個意見。荀彧說：「要是這樣，冀州應當得到河東、馮翊、扶風、西河、幽州、并州之地，所奪佔的地方很多。前日您打敗袁尚，

禽審配，海內震駭，必人人自恐不得保其土地，守其兵眾也；今使分屬冀州，將皆動心。且人多說關右諸將以閉關之計[1]；今聞此，以為必以次見奪。一旦生變，雖有〔善守〕〔守善〕者，轉相脅為非，則袁尚得寬其死，而袁譚懷貳，劉表遂保江、漢之間，天下未易圖也。願公急引兵先定河北，然後修復舊京，南臨荊州，責貢之不入，則天下咸知公意，人人自安。天下大定，乃議古制，此社稷長久之利也。」太祖遂寢九州議[2]。

捉住審配，已令全國驚駭，必定人人害怕不能再保有自己的土地，擁有自己的軍隊；現在使他們分屬冀州，人心將會更加騷動。況且很多人都在勸說關西諸將閉關自守，現在聽到這個消息，以為必然要一個接一個地被剝奪。一旦關西發生變亂，即使有守善的人，輾轉脅迫之下也會胡作非為。那麼袁尚得以推遲滅亡，袁譚懷有二心，劉表因此保守江、漢之間，您想要平定天下就不易了。希望您趕快領兵先平定河北，然後修復舊京洛陽，南征荊州，指責劉表不向天子朝貢，那麼天下都了解您的心意，人人安心。天下大體安定之後，再考慮恢復古制，這才是國家長久的利益。」於是太祖停止了關於設置九州的討論。

是時，荀攸常為謀主，彧兄衍以監軍校尉守鄴，都督河北事。太祖之征袁尚也，高幹密遣兵謀襲鄴，衍逆覺，盡誅之，以功封列侯。太祖以女妻彧長子惲，後稱安陽公主。彧及攸並貴重，皆謙沖節儉，祿賜散之宗族知舊，家無餘財。十二年，復增彧邑千户，合二千户。

太祖將伐劉表，問彧策安出，彧曰：「今華夏已平，南土知困矣。

❶ 關右：函谷關以西之地。❷ 至建安十八年曹操終於併十四州為九州，見《武帝紀》P69 注 ❷。

當時，荀彧的姪子荀攸常常是太祖的主要謀士，荀彧的哥哥荀衍任監軍校尉，駐守鄴城，統領河北軍事。太祖征袁尚的時候，高幹秘密派兵圖謀偷襲鄴城，荀衍事先覺察，全部誅殺了這些人，因功被封為列侯。太祖把女兒嫁給荀彧的長子荀惲為妻，後來稱為安陽公主。荀彧、荀攸官高權重，但都謙虛節儉，將得到的俸祿和賞賜分給宗族故舊，家無餘財。建安十二年，又增加荀彧的封邑一千戶，合計二千戶。

太祖將討伐劉表，問荀彧採取甚麼策略。荀彧說：「現在北方已經平定，南方的敵人自知處境困難了。

可顯出宛、葉而間行輕進，以掩其不意。」太祖遂行。會表病死，太祖直趨宛、葉如彧計，表子琮以州逆降。

十七年，董昭等謂太祖宜進爵國公，九錫備物①，以彰殊勳，密以諮彧。彧以為太祖本興義兵以匡朝寧國，秉忠貞之誠，守退讓之實。君子愛人以德，不宜如此。太祖由是心不能平。會征孫權，表請彧勞軍于譙，因輒留彧，以侍中、光祿大夫、持節②，參丞相軍事③。太祖軍至濡須，彧疾留壽春，以憂薨④，時年五十。謚曰敬侯。明年，

可以明裏由宛、葉出兵，暗裏由小路輕裝前進，出其不意進行襲擊。」太祖於是進軍。恰好此時劉表病死，太祖按照荀彧的計策直趨宛、葉，劉表的兒子劉琮以荊州迎降。

建安十七年，董昭等認為太祖應該晉升爵位為國公，行九錫之禮，以表彰他的特殊功勳，將此事秘密徵詢荀彧的意見。荀彧認為太祖發起義兵本來是為了匡正朝廷、安定國家，懷抱忠貞的誠心，保持退讓的行動；君子根據高尚的道德而愛人，不應該這樣做。太祖從此對荀彧心懷不滿。正好遇上征伐孫權，太祖上表請派荀彧到譙縣勞軍，乘機擅自留下荀彧，

太祖遂為魏公矣。

❶九錫：古帝王對功臣或權臣的最高賞賜。「九錫」即錫（賜）予車馬衣服等九種物品。權臣篡位前一般都要加九錫。備物：服用之物。「備」通「服」。❷光祿大夫：官名，掌應對顧問。持節：為加銜，有使持節、持節、假節，權力有別。❸參軍事：官名，意即參謀軍務，簡稱「參軍」。❹薨：（hōng）：古代諸侯死叫「薨」。荀彧封列侯，故稱「薨」。據裴注引《魏氏春秋》，說是「飲藥而卒」。

任命他作侍中、光祿大夫、持節，參丞相軍事。太祖進軍到濡須，荀彧因病留在壽春，由於心中憂鬱而死，當年五十歲。諡為敬侯。第二年，太祖就升為魏公了。

毛玠傳

毛玠剛正不阿，清廉儉樸，舉用清正之士，抑制浮華，抵拒請託，這些作風都很可貴。曹操能任用毛玠這樣的人長期掌管選舉，並加以支持，説明了他的法治精神和善於用人。但最後竟憑別人一句似是而非的讒言對毛玠「無限上綱」，定罪收監，加以黜免，這又反映了曹操的專橫忌刻和封建專制制度的暴虐本質，因而所謂「法治」也是極其有限的。

毛玠字孝先，陳留平丘人也①。少為縣吏，以清公稱。將避亂荊州，未至，聞劉表政令不明，遂往魯陽②。太祖臨兗州，辟為治中從事③。玠語太祖曰：「今天下分崩，國主遷移，生民廢業，饑饉流亡，公家無經歲之儲，百姓無安固之志，難以持久。今袁紹、劉表雖士民眾強，皆無經遠之慮，未有樹基建本者也。夫兵義者勝，守位以財，宜奉天子以令不臣，脩耕植，畜軍資，

❶平丘：縣名，在今河南長垣縣西南。❷魯陽：縣名，即今河南魯山縣。❸治中從事：官名，州刺史的助理。

毛玠字孝先，陳留郡平丘縣人。年輕時作縣吏，以清廉奉公著稱。他原打算到荊州避亂，還沒到，就聽說劉表政令不嚴明，於是改往魯陽。太祖正作兗州牧，遂任命他為治中從事。毛玠對太祖說：「現在天下分崩，君主遷移，人民失業，飢餓流亡，公家沒有一年的儲備，百姓沒有安定的心思，很難持久。現今袁紹、劉表雖然兵強民眾，但都沒有長遠的打算，沒人致力於樹立基礎、培植根本。用兵要合乎正義才能取勝，還要有雄厚的財力才能鞏固統治。因此應當擁戴天子以命令不臣服的人，搞好農耕，積蓄軍資，

如此則霸王之業可成也。」太祖敬納其言，轉幕府功曹①。

太祖為司空、丞相，玠嘗為東曹掾②，與崔琰並典選舉③。其所舉用，皆清正之士，雖於時有盛名而行不由本者，終莫得進。務以儉率人，由是天下之士莫不以廉節自勵，雖貴寵之臣，輿服不敢過度。太祖歎曰：「用人如此，使天下人自治，吾復何為哉！」文帝為五官將④，親自詣玠，屬所親眷。玠答曰：「老臣以能守職，幸得免戾，今所說人非遷次，是以不敢奉命。」大軍還

這樣一來，稱霸稱王的事業就可以成功了。」太祖認真地採納了他的意見，轉任他為幕府中的功曹。

太祖任司空、丞相時，毛玠曾經任東曹掾，與崔琰一起主管選舉。他所舉用的都是清廉正直的人士，那些儘管在當時有盛名，但行為虛浮、不務根本的人，始終沒能得到提拔任用。他力求用儉樸的作風引導人們，因此全國的士人無不以清廉的節操來勉勵自己，即使是地位高貴、受到寵信的大臣，車子、衣服也不敢超過制度。太祖歎息說：「用這樣的人，使天下人自己治理自己，我還有甚麼可做的呢！」魏文帝作五官中郎將時，曾親自去

鄴，議所幷省。玠請謁不行，時人憚之，咸欲省東曹。乃共白曰：「舊西曹為上，東曹為次，宜省東曹。」太祖知其情，令曰：「日出於東，月盛於東，凡人言方，亦復先東，何以省東曹？」遂省西曹。初，太祖平柳城，班所獲器物，特以素屏風、素馮几賜玠⑤，曰：「君有古人之風，故賜君古人之服。」

❶功曹：官名，主管人事，並參與府中其他政務。❷東曹掾：高級官員僚屬，與西曹掾並掌選舉。西曹主府吏的署用，東曹主二千石官員及軍官的任命。❸崔琰：曾任丞相東西曹掾、中尉等官，掌選舉十餘年。為人耿直，有名於世。後有人誹謗他「傲世怨謗」，曹操令其自殺。《三國志》有傳。❹文帝：指曹操長子曹丕，即日後的魏文帝。五官將：即五官中郎將，見《武帝紀》P61注❻。❺馮几：可倚靠的小几。馮，通「憑」，倚靠。

見毛玠，託他任用自己所親信的人。毛玠回答說：「老臣因為能夠恪守職責，才幸而得以免於獲罪。現在您所說的人不符合升遷的次第，所以我不敢從命。」大軍回鄴之後，討論省並官府。當時很多人由於曾向毛玠請託為官被他拒絕，很害怕他，因此都想要廢除東曹，就一起稟告太祖說：「按照舊制，西曹為上，東曹為次，應該撤銷東曹。」太祖知道其中實情，下令說：「日出於東方，月明於東方，凡人說到方位，也是先說東方，為甚麼省東曹？」結果省去西曹。起初，太祖平定柳城，將繳獲的器物賞賜羣臣，特意以素屏風和素憑几賜給毛玠，說：「您有古人的作風，所以賜給你古人的用具。」

玠居顯位，常布衣蔬食，撫育孤兄子甚篤，賞賜以振施貧族，家無所餘。遷右軍師①。魏國初建，為尚書僕射②，復典選舉。時太子未定，而臨菑侯植有寵，玠密諫曰：「近者袁紹以嫡庶不分，覆宗滅國。廢立大事，非所宜聞。」後羣僚會，玠起更衣，太祖目指曰：「此古所謂國之司直③，我之周昌也④。」

崔琰既死，玠內不悅。後有白玠者：「出見黥面反者，其妻子沒為官奴婢，玠言曰『使天不雨者蓋此也』。」太祖大怒，收玠付獄。大理鍾繇詰玠

毛玠居於顯要的官位，但經常穿布衣吃素菜，撫育哥哥的孤兒情意深厚，所得的賞賜都用來救濟貧困的族人，家裏沒有剩餘的財物。後來升任右軍師。魏國建立之初，擔任尚書僕射，再次掌管選舉。當時太子還沒有確定，而臨菑侯曹植受到太祖寵愛，毛玠秘密勸告太祖說：「近日袁紹因為嫡庶不分，導致破家亡國。廢立太子是大事，您想要廢嫡子丕而立臨菑侯植，這是我不願意聽到的事。」後來有一次羣僚聚會，毛玠起身上廁所，太祖用眼睛指着他說：「這人正是古人所說的『國之司直』，也是我的周昌啊。」

崔琰被殺之後，毛玠心中不悅。後

曰[5]：「自古聖帝明王，罪及妻子。《書》云：『左不共左，右不共右[6]，予則孥戮女。』司寇之職：『男子入于罪隸，女子入于舂槀。』漢律：罪人妻子沒為奴婢，黥面。漢法所行黥墨之刑，存於古典。今真奴婢祖先有罪，雖歷百世，猶有黥面供官，

❶右軍師：丞相官屬，掌監察軍務。❷尚書僕射（yè）：尚書省長官，為尚書令的副貳。❸司直：主持正直之道的人。《詩經．鄭風．羔裘》：「彼其之子，邦之司直。」❹周昌：漢初人，任御史大夫，為人剛直而口吃。高祖欲廢太子，他在朝廷上力諫，說：「陛下欲廢太子，臣期期（口吃聲）不奉詔！」❺大理：見《武帝紀》P79注❶。❻左、右：指車左、車右。戰國以前兵車，一車三人，中為馭者，左右各立一人，則稱車左、車右。

來有人誣告毛玠說：「毛玠出門看見黥面的造反者，那人的妻子兒女被籍沒為官奴婢，他就說：『天不下雨，大概就因為這個。』」太祖大怒，把毛玠逮捕下獄。大理鍾繇詰問毛玠說：「自古聖帝明王懲罰罪犯，都連及妻兒。《尚書》說：『車左不盡車左的職責，車右不盡車右的職責，我就要殺死你們，還要把你們的妻兒罰為奴婢。』《周禮》記載司寇的職掌：『男子沒入官府為奴隸，女子沒入官府舂米、作弓箭。』漢朝法律：罪人的妻子和子女沒入官府作奴婢，黥面。漢朝法律中所實行的黥面的刑罰，見於古代經典。現今真正的奴婢，他們的祖先有罪，即使經歷百代，還是要黥面供官府服勞役，

一以寬良民之命，二以宥幷罪之辜。此何以負於神明之意，而當致旱？案典謀，急恒寒若，舒恒燠若，寬則亢陽，所以為旱。玠之吐言，以為寬邪，以為急也？急當陰霖，何以反旱？成湯聖世，野無生草；周宣令主，旱魃為虐①。亢旱以來，積三十年，歸咎黥面，為相值不？衛人伐邢，師興而雨②，罪惡無徵，何以應天？玠譏謗之言，流於下民，不悅之聲，上聞聖聽。玠之吐言，勢不獨語，時見黥面，凡為幾人？黥面奴婢，所識知邪？何緣得見，對之歎言？時以語誰，見答云何？以何日月，

這樣做一則可以減輕良民服役的負擔，二則不將他們一併處死，這也是對他們的寬恕。這又怎會違背神明的意志而導致旱災？按《尚書·洪範》的說法，政令嚴急，則天氣寒冷，政令寬緩，則天氣炎熱。政令過於寬大則陽氣過盛，這就是造成天旱的原因。你毛玠說出這樣的話，是認為國家的政令過寬了呢，還是過嚴了呢？如是過嚴，那就應當導致天多陰雨，怎麼反而會天旱？成湯時代是太平聖世，但野無青草；周宣王也是好的君主，但當時也是大旱成災。這次天旱，已經三十年了，歸罪於黥面，這扯得上嗎？春秋時衛國人征伐邢國，本來是天旱，但剛出兵就下雨了，若非邢國罪惡確鑿，怎麼會感應上天？你

於何處所？事已發露，不得隱欺，具以狀對！」玠曰：「臣聞蕭生縊死③，困於石顯；賈子放外，讒在絳、灌④；白起賜劍於杜郵⑤；晁錯致誅於東市⑥；伍員絕命於吳都⑦。斯數子者，或妒其前，或害其後。

❶旱魃：旱神。❷衛、邢：春秋時兩個小國。《左傳》僖公十九年：「衛人伐邢，以報菟圃之役。於是衛大旱……師興而雨。」❸蕭生：蕭望之，西漢人，歷位將相。元帝時為宦官弘恭、石顯讒毀，飲鴆自殺。❹賈子：賈誼。絳：絳侯周勃。灌：灌嬰。賈誼被漢文帝信任，周勃、灌嬰說他擅權亂政，文帝將他外放為長沙王太傅。❺白起：戰國秦昭王時名將，曾指揮著名的長平之戰。秦相范雎忌其功。長平之戰後，白起不同意進攻趙都邯鄲，范雎乘機讒毀，昭王將白起逐出咸陽。至城西杜郵，又賜劍令其自殺。❻晁錯：漢景帝時任御史大夫，曾建議削弱諸侯，因此吳楚七國發動叛亂。爰盎等人乘機攻擊晁錯，景帝遂將他斬於東市。❼伍員（yún）：字子胥，春秋時楚國人。楚王殺其父，遂逃於吳。曾佐吳王闔廬稱霸諸侯。吳王夫差立，伍員與夫差意見不合，太宰嚭（pǐ）屢進讒言，夫差賜伍員劍逼令自刎。

毛玠譏刺誹謗的話，流傳到了百姓當中，對國家不滿的言論，魏王已有所聞。你毛玠所說的話，肯定不是自言自語，當時你看見的黥面人，總共是幾個？黥面的奴婢，你認識嗎？為何能夠見到這些人，對他們歎息談話？當時你這些話是對誰說的，他又是如何回答的？是在哪月哪日，甚麼地點？你的事已經暴露，不許隱瞞欺騙，而要原原本本地寫出供狀。」毛玠回答：「我聽說蕭望之自殺，是由於石顯的排斥誣害；賈誼被貶斥在外，是由於周勃、灌嬰的讒言中傷；白起被賜劍自刎於杜郵；晁錯被殺於東市；伍員也被賜死於吳國。在這幾個人的遭遇中，既有人公開地妒忌他們，也有人在背後陷害他們。

臣垂齠執簡①，累勤取官，職在機近，人事所竄。屬臣以私，無勢不絕；語臣以冤，無細不理。人情淫利，為法所禁；法禁于利，勢能害之。青蠅橫生②，為臣作謗，謗臣之人，勢不在他。昔王叔、陳生爭正王廷，宣子平理，命舉其契③，是非有宜，曲直有所，《春秋》嘉焉，是以書之。臣不言此，無有時、人。說臣此言，必有徵要。乞蒙宣子之辨，而求王叔之對。若臣以曲聞，即刑之日，方之安駟之贈④；賜劍之來，比之重賞之惠。謹以狀對。」時桓階、和洽進言救玠。玠遂免黜，卒于家。太祖賜

我從少年就做縣吏，積累勤勞而當了官。我的職務是執掌機要，這就需要排除人事關係。若是以私情請託我，再有權勢的人我也要加以拒絕；若是把冤屈告訴我，再卑微的小民我也要加以申理。人們的慾望是無限地追求利益，而這是法律所禁止的；誰要按法律去禁止非法求利，有權勢的人就能夠陷害他。進讒言的小人就像蒼蠅一哄而起，對我橫加譭謗，譭謗我的人，肯定不是其他人。從前王叔陳生與伯輿在王庭上爭辯曲直，由范宣子評斷。宣子叫雙方舉出證詞，是非曲直，各得其所，《春秋》稱讚他，因此記載了這件事。我沒有說過這樣的話，因此也就不存在何時說的、對何人說的。說我說過這話，必

棺器錢帛，拜子機郎中⑤。

須有證據。我請求派范宣子那樣的人來加以評判，要王叔陳生那樣的誣陷者來同我對質。假若曲在於我，我一定心悅誠服，受刑之日，就像得到安車駟馬的贈予；要是賜劍讓我自殺，也好比受到重賞的恩惠。謹申訴如上。」當時桓階、和洽都進諫營救毛玠。於是毛玠被免官，後來死在家中。太祖賜給棺材、器物、錢和絹帛，任他的兒子毛機為郎中。

❶ 齠（tiáo）：同「髫」。垂髫，兒童下垂的頭髮，一般借指少年。執簡：指執簿牘為吏。❷ 青蠅：比喻進讒言的小人，典出《詩經．小雅．青蠅》。❸《左傳》襄公十年記載：周靈王的卿士王叔陳生與另一卿士伯輿爭訟，由晉國正卿范宣子評斷曲直，宣子使二人「合要」，「王叔氏不能舉其契」。要（yāo），指訴狀、證詞等。契，即寫要辭的契券。王叔理屈，故不能舉其契。❹ 安駟：安車駟馬，用四匹馬駕的一種低穩的車，用以賜德高望重的老臣。❺ 郎中：五官郎中，帝王的侍從。

王粲傳

建安年間至魏初，文學興盛。曹操、曹丕、曹植父子都是傑出的詩人。在他們的周圍還有一批很有成就的文學家，其中陳琳、王粲、徐幹、阮瑀、應瑒、劉楨六人，加上稍長的孔融，被稱為「建安七子」。以三曹、七子為代表的建安文學在中國文學史上佔有重要地位，其剛健駿爽的風格，即所謂「建安風骨」受到後世盛讚，影響深遠。本篇主要是為王粲（177—217）作傳，但也連帶述及陳、徐、阮、應、劉。雖則失之簡略，但還是可以幫助我們了解建安七子的大概情況。傳中引用曹丕與吳質的信，對六子的文學成就作了極精闢的概括。

王粲字仲宣，山陽高平人也①。曾祖父龔，祖父暢，皆為漢三公。父謙，為大將軍何進長史②。進以謙名公之胄，欲與為婚，見其二子，使擇焉，謙弗許。以疾免，卒于家。

獻帝西遷，粲徙長安，左中郎將蔡邕見而奇之③。時邕才學顯著，貴重朝廷，常車騎填巷，賓客盈坐。聞粲在門，倒屣迎之④。粲至，年既幼弱，容狀短小，

❶ 山陽：郡名，見《武帝紀》P7 注❽。高平：縣名，在今山東微山縣西北。
❷ 長史：總管府事，相當於今天的祕書長。❸ 左中郎將：官名，與右中郎將、五官中郎將俱統領皇帝侍衛。蔡邕：字伯喈，著名學者、文學家。
❹ 屣（xǐ）：鞋。倒穿鞋而迎之，形容其急促。

王粲字仲宣，山陽郡高平縣人。曾祖父名龔，祖父名暢，都做過漢朝的三公。父名謙，任大將軍何進的長史。何進因為王謙是名公的後代，想同他連姻，叫他的兩個兒子見王謙，讓他選擇，但王謙不同意。後來因為有病而免官，死在家裏。

漢獻帝西遷，王粲也遷到長安，左中郎將蔡邕一見到他就認為他非同尋常。當時蔡邕以高才碩學而著名，在朝廷中地位很高，經常車馬填巷，賓客滿座。聽說王粲在門外求見，還沒有來得及穿好鞋子就跑出去迎接他。王粲進來之後，年紀既小，身材又矮，

一坐盡驚。邕曰：「此王公孫也，有異才，吾不如也。吾家書籍文章，盡當與之。」年十七，司徒辟，詔除黃門侍郎[1]，以西京擾亂，皆不就。乃之荊州依劉表。表以粲貌寢而體弱通侻[2]，不甚重也。表卒，粲勸表子琮，令歸太祖。太祖辟為丞相掾[3]，賜爵關內侯。太祖置酒漢濱，粲奉觴賀曰：「方今袁紹起河北，仗大眾，志兼天下，然好賢而不能用，故奇士去之。劉表雍容荊楚，坐觀時變，自以為西伯可規。士之避亂荊州者，皆海內之俊傑也，表不知所任，故國危而無輔。明公定冀州之日，下車

一座皆驚。蔡邕說：「這是王公的孫子，有非凡的才學，我比不上他。我家的書籍文章，要全部送給他。」十七歲時，司徒舉用他為僚屬，天子又下詔任命為黃門侍郎，由於長安局勢動亂，他都沒有就任。後來去荊州依附劉表。劉表因為他其貌不揚，身體虛弱，又不拘小節，不很重視他。劉表死後，王粲勸劉表的兒子劉琮歸順太祖。太祖任命他為丞相掾，賜爵關內侯。太祖在漢水之濱擺設酒宴，王粲舉酒杯祝賀說：「如今袁紹起於河北，依仗人馬眾多，一心兼併天下，但是他好賢而不能用，所以傑出之士都離開了他。劉表在荊州從容不迫，坐觀時勢變化，自以為可以做今天的周文王。避亂荊州的士人，都

即繕其甲卒，收其豪傑而用之，以橫行天下。及平江、漢，引其賢俊而置之列位，使海內回心，望風而願治，文武並用，英雄畢力，此三王之舉也。」後遷軍謀祭酒④。魏國既建，拜侍中。博物多識，問無不對。時舊儀廢弛，興造制度，粲恒典之。

初，粲與人共行，讀道邊碑。人問曰：「卿能闇誦乎？」曰：「能。」因使背而誦之，不失一字。

❶黃門侍郎：官名，皇帝侍從。❷倪（tuō）：灑脱不羈。❸丞相掾（yuàn）：丞相屬官。❹軍謀祭酒：即軍師祭酒，見《武帝紀》P27注❹。

是天下的俊傑，而劉表不知任用，因此國家危難而無人輔佐。您平定冀州的時候，下車便整頓軍隊，收其豪傑加以任用，以便橫行天下。平定江漢之後，又選拔這裏的賢人俊士，把他們放在適當的官位，使天下歸心，盼望您來治理，文武並用，英雄盡力，這是夏、商、周三王的作法啊。」後來被提升為軍謀祭酒。魏國建立之後，被任命為侍中。他學識淵博，問無不答。當時舊的禮儀廢弛，建立各種制度，經常是由王粲主持。

先前，王粲與別人一起走，讀路邊的碑。別人問他：「你能默誦嗎？」他說：「能。」於是大家叫他背誦，一字不差。

觀人圍棊，局壞，粲為覆之。棊者不信，以帊蓋局，使更以他局為之，用相比校，不誤一道。其強記默識如此。性善算，作算術，略盡其理。善屬文，舉筆便成，無所改定，時人常以為宿構，然正復精意覃思，亦不能加也。著詩、賦、論、議垂六十篇①。

建安二十一年，從征吳。二十二年春，道病卒，時年四十一。粲二子，為魏諷所引②，誅，後絕。

始，文帝為五官將，及平原侯植皆

看人下圍棋，棋局亂了，他便照原局重新擺出來。下棋的人不相信，用帕子蓋住棋局，讓他在另外的棋枰上覆局，兩相比較，不誤一道。他的記憶力就是這樣的強。他生性善於計算，作算術，大體能窮盡算法的原理。又善於寫文章，下筆便成，不用修改。當時人常常認為他是事先寫好的，但縱使再專意深思，也不能寫得更好了。他寫的詩、賦、論、議將近六十篇。

建安二十一年，隨從太祖征吳。二十二年春，在路上病死，當時四十一歲。王粲有兩個兒子，因魏諷一案牽連而被殺，因此絕了後。

好文學。粲與北海徐幹字偉長、廣陵陳琳字孔璋、陳留阮瑀字元瑜、汝南應瑒字德璉、東平劉楨字公幹並見友善③。

幹為司空軍謀祭酒、掾屬、五官將文學④。

琳前為何進主簿⑤。進欲誅諸宦官，太后不聽，進乃召四方猛將，並使引兵向京城，欲以劫恐太后。琳諫進曰：

❶ 王粲的詩文後人編成《王粲集》十一卷，但已失傳，現只有輯本。❷ 指建安二十四年魏諷等人企圖發動政變之事。❸ 徐幹：北海郡劇縣（今山東昌樂縣西）人。陳琳：廣陵郡廣陵縣（今江蘇揚州）人。阮瑀：陳留郡尉氏縣（今河南尉氏縣）人。應瑒：汝南郡南頓縣（今河南項城西）人。劉楨：東平國寧陽縣（今山東寧陽縣）人。❹ 五官將：此處指五官中郎將曹丕。文學：官名，掌典籍文章。❺ 主簿：官名，掌文書。

起初，魏文帝曹丕做五官中郎將時，與平原侯曹植都愛好文學。王粲與北海徐幹字偉長、廣陵陳琳字孔璋、陳留阮瑀字元瑜、汝南應瑒字德璉、東平劉楨字公幹，都是曹丕、曹植的好朋友。

徐幹曾任司空軍謀祭酒、掾屬、五官中郎將文學掾等官職。

陳琳先前做何進的主簿。何進打算誅殺宦官，何太后不許，何進便徵召四方猛將，並叫他們帶兵開向京城，想以此要脅、恐嚇太后。陳琳勸阻何進說：

「《易》稱『即鹿無虞』①，諺有『掩目捕雀』。夫微物尚不可欺以得志，況國之大事，其可以詐立乎！今將軍總皇威，握兵要，龍驤虎步，高下在心，以此行事，無異於鼓洪爐以燎毛髮。但當速發雷霆，行權立斷，違經合道，天人順之；而反釋其利器，更徵於他。大兵合聚，強者為雄，所謂倒持干戈，授人以柄，功必不成，祇為亂階。」進不納其言，竟以取禍。琳避難冀州，袁紹使典文章。袁氏敗，琳歸太祖。太祖謂曰：「卿昔為本初移書②，但可罪狀孤而已，『惡惡止其身』，何乃上及父祖邪③？」

「《易經》稱『獵鹿而無獵人指引，空入山林』，諺語也有『掩目捕雀』的話。捕獵鹿與雀這樣的小東西尚且不能用自欺的方法達到目的，何況是國家大事，怎麼可以用欺詐的方式來完成呢！現在將軍總攬皇帝的權威，掌握軍隊的樞要，龍騰虎步，隨心所欲，憑藉這樣的條件而行事，無異於鼓洪爐以燒毛髮，輕而易舉。不過要以迅雷不及掩耳之勢，當機立斷，雖是非常行動，然而合乎正道，順天應人；您不這樣做，反而放下自己手中的利器，求助於人。到時大兵會合，強者稱雄，所謂倒持干戈，授人以柄，功必不成，反招禍亂。」何進沒有採納他的意見，最終因此遭到殺身之禍。後來陳琳避難到冀州，

琳謝罪，太祖愛其才而不咎。

瑀少受學於蔡邕。建安中都護曹洪欲使掌書記④，瑀終不為屈。太祖並以琳、瑀為司空軍謀祭酒，管記室⑤，軍國書檄，多琳、瑀所作也。琳徙門下督⑥，瑀為倉曹掾屬⑦。

❶《周易・屯卦》：「即鹿無虞。惟入於山林。」虞，掌山林之官。大意是：獵鹿而無虞人指引，只有空入山林，而鹿不可得。❷本初：袁紹字。❸陳琳曾為袁紹起草檄文聲討曹操，罵曹操祖父曹騰「饕餮放橫，傷化虐民」，其父曹嵩「盜竊鼎司，傾覆重器」等，並罵曹操是「贅閹（宦官）遺醜」。❹都護：即都護將軍。❺記室：主起草文稿，如現代祕書。❻門下督：高級將領門下的督將。❼倉曹：三公府所屬的一個部門，主管倉穀。

袁紹叫他負責起草文章。袁紹失敗後，陳琳歸附太祖。太祖對他說：「你過去替袁紹起草聲討我的檄文，只列舉我的罪狀就可以了，古人說『恨惡人只恨他本人』，為甚麼你竟罵到我的父親、祖父呢？」陳琳謝罪，太祖愛惜他的才華，因而不加追究。

阮瑀年少時受學於蔡邕。建安中都護將軍曹洪想要他掌管文書工作，阮瑀始終不願屈從。太祖用陳琳、阮瑀都做司空軍謀祭酒，管草擬文書，當時的軍國書檄，大多是陳琳、阮瑀所作的。後來陳琳轉為門下督，阮瑀為倉曹掾屬。

瑒、楨各被太祖辟，為丞相掾屬。瑒轉為平原侯庶子①，後為五官將文學。楨以不敬被刑②，刑竟署吏。咸著文賦數十篇。

瑀以十七年卒③。幹、琳、瑒、楨二十二年卒。文帝書與元城令吳質曰④：「昔年疾疫，親故多離其災，徐、陳、應、劉，一時俱逝。觀古今文人，類不護細行，鮮能以名節自立。而偉長獨懷文抱質，恬淡寡欲，有箕山之志⑤，可謂彬彬君子矣。著《中論》二十餘篇⑥，辭義典雅，足傳于後。德璉常斐然有述作

應瑒、劉楨分別被太祖任用為丞相掾屬。後來應瑒轉為平原侯曹植的庶子，後又做五官中郎將曹丕的文學掾。劉楨則因不敬之罪而被判刑，刑滿後作吏。他們都著有文賦數十篇。

阮瑀於建安十七年死。徐幹、陳琳、應瑒、劉楨於建安二十二年死。魏文帝寫信給元城令吳質說：「往年疫病流行，親戚朋友很多遭到災難，徐、陳、應、劉，同時去世。我看古今的文人，大都不愛護細節，很少有人能以名節自立於世。唯獨徐偉長既有文采，又很樸實，恬淡寡慾，不慕榮利，有許由隱於箕山的志向，可說是文質兼美的君子了。他著有《中論》二

意，其才學足以著書，美志不遂，良可痛惜！孔璋章表殊健，微為繁富。公幹有逸氣，但未遒耳。元瑜書記翩翩，致足樂也。仲宣獨自善於辭賦，惜其體弱，不起其文；至於所善，古人無以遠過也。昔伯牙絕絃於鍾期⑦，仲尼覆醢於子路⑧，痛知音之難遇，傷門人之莫逮也。諸子但為未及古人，自一時之俊也。」

❶庶子：太子諸王的侍從官。❷曹丕曾請劉楨等人赴宴，命夫人甄氏出拜。座中人都伏地，楨獨平視。曹操遂收楨下獄。❸十七年：建安十七年（212）。❹吳質：字季重，濟陰（治今山東定陶西北）人，文學家。受知於曹丕。曹丕與吳質的信全文見《昭明文選》。❺箕山之志：意即不慕榮利。相傳堯要讓天下於許由，許由逃到箕山下農耕自食。❻《中論》：書名，今存，有上下二卷，共二十篇。❼相傳春秋時，伯牙善鼓琴，而鍾子期獨能聽出他琴聲中表達的志向。鍾子期死，伯牙哀痛再無知音，於是割斷琴弦，不再鼓琴。❽醢（hǎi）：肉醬。據說孔子的弟子子路在衛國做官，衛國發生內亂，子路被剁成肉醬。孔子聽說後，很悲痛，叫人把自己平時愛吃的肉醬倒掉了。

十餘篇，辭義典雅，足以流傳後世。應德璉文采斐然，常有意於著述，他的才學完全可以著書，可惜其良好的志願未能實現，頗堪痛惜！陳孔璋善於寫章表，筆力雄健，但稍嫌煩冗。劉公幹辭氣超逸，只是還不夠剛勁罷了。阮元瑜書牘優美，極為可喜。王仲宣獨自善於辭賦，可惜他魄力不足，不能提起其文章的氣勢；但其中寫得好的地方，古人也無法勝過他很遠。從前伯牙為鍾子期之亡而割斷琴弦，是悲痛知音的難遇；仲尼為子路之死而倒掉肉醬，是哀傷在世的弟子沒人能趕上他。這幾個人儘管還比不上古人，但也算得上當代的俊秀了。」

華佗傳

華佗（？—208）是我國古代偉大的醫學家。他擅長內、外、針灸各科，尤精於外科。他用「麻沸散」進行全身麻醉之後，可以施行剖腹等大手術，反映了當時祖國醫學在麻醉術和外科手術方面所達到的高度成就。他提倡體育鍛煉，創造了一套叫「五禽戲」的健身操，認為「人體欲得勞動……動搖則穀氣得消，血脈流通，病不得生，譬猶户樞不朽是也」。這是我國養生學的經驗總結。可惜他最後被曹操無辜殺害，他的醫學著作沒能直接流傳下來。本篇概述了華佗在醫學上的主要成就，並記載了他診治的十幾個病例，是醫學史上的一篇重要文獻。從傳中還可以看到華佗倔強的性格和不畏權貴、不喜逢迎的精神。

華佗字元化，沛國譙人也，一名旉。游學徐土，兼通數經。沛相陳珪舉孝廉，太尉黃琬辟，皆不就。曉養性之術，時人以為年且百歲，而貌有壯容。又精方藥。其療疾，合湯不過數種，心解分劑，不復稱量，煮熟便飲，語其節度，舍去輒愈。若當灸，不過一兩處，每處不過七八壯，病亦應除。若當針，亦不過一兩處，下針言「當引某許，若至，語人」，病者言「已到」，應便拔針，病亦行差。

華佗字元化，沛國譙縣人，又名旉。曾在徐州遊學，兼通幾部經典。沛相陳珪薦舉他為孝廉，太尉黃琬委任他做屬官，他都不就職。由於他通曉養生的方法，當時人認為他已經接近百歲，但容貌像個壯年人。又精通方藥。替人治病時，配合湯劑不過幾種藥，心中能準確掌握藥物份量，隨手抓來，不再稱量，煮好便飲，告訴病人注意事項，藥吃完病就好了。如果用灸，只是一兩處，每處艾灼不過七八下，病也應時而除。如果用針，也不過一兩處。進針時對病人說：「脹麻的感覺應當傳到某處，要是到了，就告訴我。」病人說「已到」，便拔出針，病也就很快好了。

若病結積在內，針藥所不能及，當須刳割者，便飲其麻沸散，須臾便如醉死無所知，因破取。病若在腸中，便斷腸湔洗，縫腹膏摩，四五日差，不痛，人亦不自寤，一月之間，即平復矣。

故甘陵相夫人有娠六月，腹痛不安，佗視脈，曰：「胎已死矣。」使人手摸知所在，在左則男，在右則女。人云在左，於是為湯下之，果下男形，即愈。

縣吏尹世苦四支煩，口中乾，不欲聞人聲，小便不利。佗曰：「試作熱食，

如若病結積在體內深處，下針用藥都不能達到，需要用刀剖開的，便服下他的麻沸散，一會兒就像醉死而毫無知覺，於是乘機破開治療。病若在腸中，便割斷腸清洗，然後縫好肚腹，抹上藥膏，四五天就好了，不痛，病人自己也不覺得，一月之間，就完全康復了。

原甘陵相的夫人懷孕六個月，腹痛不安。華佗切過脈，說：「胎已經死了。」叫人用手摸，找到胎兒位置，在左就是男胎，在右就是女胎。摸的人說「在左」，於是服湯藥打下，果然打下男胎，孕婦也就好了。

得汗則愈；不汗，後三日死。」即作熱食，而不汗出，佗曰：「藏氣已竭於內，當啼泣而絕。」果如佗言。

府吏兒尋、李延共止，俱頭痛身熱，所苦正同。佗曰：「尋當下之，延當發汗。」或難其異，佗曰：「尋外實①，延內實，故治之宜殊。」即各與藥，明旦並起。

❶ 中醫「八綱」將病症分為實、虛兩類，一般表現為有餘、結實、強盛等則為實證，表現為不足、鬆弛、衰退等則為虛證。虛實又各分內外。

縣吏尹世苦於四肢煩躁，口中乾渴，不願聽見人聲，小便不利。華佗說：「試替他做些熱食吃下，出汗就好了；若不出汗，過三天就會死去。」馬上做熱食，吃下之後卻不出汗，華佗說：「五臟的生氣已絕於內，將要哭啼而死。」結果真像華佗所說的那樣。

府吏兒尋、李延二人住在一起，都感到頭痛身熱，症狀完全相同。華佗說：「兒尋應當用瀉法，李延應當發汗。」有人反駁他，為甚麼症狀相同但治法不同？華佗說：「兒尋外實，李延內實，所以治療應當不同。」於是分別給藥，第二天都起了牀。

鹽瀆嚴昕與數人共候佗①，適至，佗謂昕曰：「君身中佳否？」昕曰：「自如常。」佗曰：「君有急病見於面，莫多飲酒。」坐畢歸，行數里，昕卒頭眩墮車，人扶將還，載歸家，中宿死。

故督郵頓子獻得病已差②，詣佗視脈，曰：「尚虛，未得復，勿為勞事，御內即死。臨死，當吐舌數寸。」其妻聞其病除，從百餘里來省之，止宿交接，中間三日發病，一如佗言。

督郵徐毅得病，佗往省之。毅謂佗

鹽瀆縣人嚴昕與幾個人一起等候華佗，正好來了，華佗對嚴昕說：「您感覺身體好嗎？」嚴昕說：「跟平常一樣。」華佗說：「您有急病表現在臉上，切勿多飲酒。」事情完畢離座歸家，走了幾里，嚴昕突然頭暈跌下車來，其他人扶他上車，回到家，夜半就死了。

原督郵頓子獻得病已好了，去找華佗看脈，華佗說：「你還虛弱，尚未復元，不要做操勞的事，若與妻子行房事就要死。臨死時，將會吐出舌頭幾寸。」頓子獻的妻子聽說他病已好，從百多里外來看他，留宿並同了房，隔了三天就發病，完全像華佗說的那樣。

曰：「昨使醫曹吏劉租針胃管訖③，便苦欬嗽，欲臥不安。」佗曰：「刺不得胃管，誤中肝也，食當日減，五日不救。」遂如佗言。

東陽陳叔山小男二歲得疾④，下利常先啼，日以羸困。問佗，佗曰：「其母懷軀，陽氣內養，乳中虛冷，兒得母寒，故令不時愈。」佗與四物女宛丸，十日即除。

❶鹽瀆：縣名，在今江蘇鹽城西北。❷督郵：郡中佐吏，掌督察屬縣。❸醫曹吏：郡中掌醫藥的屬吏。胃管：即中脘（wǎn）穴，在臍上四寸處。❹東陽：縣名，在今安徽天長西北。

督郵徐毅得病，華佗去看他。徐毅對華佗說：「昨天叫醫曹吏劉租針胃管穴之後，便苦於咳嗽，想睡覺卻感身體不適。」華佗說：「這是因為沒有刺準胃管，誤傷了肝，飲食將會一天天減少，五天之後不可救。」結果也如華佗所說。

東陽縣人陳叔山的小兒子兩歲得病，下痢時常先哭啼，一天天變得瘦弱無力。問華佗，華佗說：「他母親懷孕時，陽氣集到腹內，乳中虛冷，小兒吸了母親的寒氣，以致不能及時痊癒。」華佗開給四物女宛丸，十天就好了。

彭城夫人夜之廁，蠆螫其手，呻呼無賴。佗令溫湯近熱，漬手其中，卒可得寐，但旁人數為易湯，湯令暖之，其旦即愈。

軍吏梅平得病，除名還家。家居廣陵①，未至二百里，止親人舍。有頃，佗偶至主人許，主人令佗視平。佗謂平曰：「君早見我，可不至此。今疾已結，促去可得與家相見，五日卒。」應時歸，如佗所刻。

佗行道，見一人病咽塞，嗜食而不

彭城夫人夜間上廁所，被蠍子螫了手，呻吟呼叫，百般無奈。華佗叫她用比較熱的溫水，把手浸入其中，終於能夠入睡；只是旁人要經常為她換水，使水保持熱度，第二天清早就好了。

軍吏梅平得病，被除名回家。他家住在廣陵，離家還有二百里，到一個親戚家裏歇息。過了一會兒，華佗偶然到了這家，這家主人叫華佗給梅平看病。華佗對梅平說：「您若早見到我，可以不至於此。現在病已經很深，趕快回去還可以與家人相見，過五天就沒救了。」梅平馬上回家，正像華佗預計的那樣。

得下，家人車載欲往就醫。佗聞其呻吟，駐車往視，語之曰：「向來道邊有賣餅家蒜齏大酢，從取三升飲之，病自當去。」即如佗言，立吐虵一枚，縣車邊，欲造佗。佗尚未還，小兒戲門前，逆見，自相謂曰：「似逢我公，車邊病是也②。」疾者前入坐，見佗北壁縣此虵輩約以十數。

❶廣陵：縣名，即今江蘇揚州，為廣陵郡治所。❷這句不大好解釋，《後漢書‧方術列傳‧華佗傳》作：「客車邊有物，必是逢我翁也。」較通。今以意譯。

華佗走在路上，見一人患咽喉哽塞，很想吃東西而吞不下去，家人用車載着他想去就醫。華佗聽見他呻吟，停車去看，對他說：「你剛才來的路上，路邊賣餅的人家有蒜泥大醋，向他要三升喝下去，病就會好。」病者便照華佗說的去做，馬上吐出一條蛇。他把蛇掛在車邊，想要拜訪華佗。華佗還沒回家，有小兒在門前玩耍，迎面看見，互相說：「他好像遇見了我們爺爺，因為車邊掛着這個東西。」病人進屋入座，看見華佗家北牆頭懸掛這類蛇有好幾十條。

又有一郡守病，佗以為其人盛怒則差，乃多受其貨而不加治，無何棄去，留書罵之。郡守果大怒，令人追捉殺佗。郡守子知之，屬使勿逐。守瞋恚既甚，吐黑血數升而愈。

又有一士大夫不快，佗云：「君病深，當破腹取。然君壽亦不過十年，病不能殺君，忍病十歲，壽俱當盡，不足故自刳裂。」士大夫不耐痛癢，必欲除之。佗遂下手，所患尋差，十年竟死。

廣陵太守陳登得病，胸中煩懣，面

又有一位郡太守生了病，華佗認為此人如果大怒病就會好。因此收了他很多財物卻不加以治療，不久更是丟下他不辭而別，還留封信罵他。郡守果然大怒，派人追趕，要捉拿並殺死華佗。郡守的兒子知道這事，囑咐所派的人不要追趕。太守憤怒得很，吐出黑血幾升，病馬上就好了。

又有一個士大夫不舒服，華佗說：「你的病很深，要剖腹治療。但你的壽命也不過十年，此病不能要你的命，忍病十年，壽數也完了，不值得特意剖腹。」這個士大夫受不了又痛又癢的折磨，一定要割除。華佗就替他動手開刀，病很快就好了，但十年後還是死了。

赤不食。佗脈之曰：「府君胃中有蟲數升①，欲成內疽，食腥物所為也。」即作湯二升，先服一升，斯須盡服之。食頃，吐出三升許蟲，赤頭皆動，半身是生魚膾也，所苦便愈。佗曰：「此病後三期當發，遇良醫乃可濟救。」依期果發動，時佗不在，如言而死。

太祖聞而召佗，佗常在左右。太祖苦頭風②，每發，心亂目眩，佗針鬲③，隨手而差。

❶府君：漢時對太守的尊稱。❷頭風：是一種時發時止的頭痛病，多由風寒侵襲、痰火鬱遏、氣血壅滯頭部而引起。❸鬲：即膈俞（gé shū）穴，在背部。

廣陵太守陳登得病，胸中煩悶，面紅耳赤，不思飲食。華佗診過脈，說：「府君胃中有好幾升蟲，快要形成內疽，這是吃腥物造成的。」立即作湯劑二升，先服一升，過一會兒全部服下。大約有一頓飯工夫，吐出三升左右的蟲，赤色的頭都在蠕動，半截身體還是切細的生魚肉，所害的病也就痊癒了。華佗說：「這個病過三年還會復發，遇到好的醫生才可以救治。」到期果然發作，當時華佗不在，正像他所預言的那樣死去。

太祖聽說後把華佗召來，華佗經常留在身邊。太祖患頭風，每次發病，心亂目眩，華佗針膈俞穴，手到病除。

李將軍妻病甚，呼佗視脈，曰：「傷娠而胎不去。」將軍言：「（聞）〔間〕實傷娠①，胎已去矣。」佗曰：「案脈，胎未去也。」將軍以為不然。佗舍去，婦稍小差。百餘日復動，更呼佗，佗曰：「此脈故事有胎，前當生兩兒，一兒先出，血出甚多，後兒不及生。母不自覺，旁人亦不寤，不復迎，遂不得生。胎死，血脈不復歸，必燥著母脊，故使多脊痛。今當與湯，幷針一處，此死胎必出。」湯針既加，婦痛急如欲生者。佗曰：「此死胎久枯，不能自出，宜使人探之。」果得一死男，手足完具，色黑，

李將軍的妻子病得很厲害，叫華佗診脈，華佗說：「傷了胎但死胎沒有除去。」將軍說：「近來確是傷過胎，但死胎已經出來了。」華佗說：「按脈，胎沒下。」將軍不以為然。華佗也就不管了，而婦人的病也逐漸好些了。過了百餘天再次發作，又把華佗叫來。華佗說：「她這脈按先例就是有胎，以前應當是生兩個嬰兒，一個嬰兒先生下，出血很多，後一個嬰兒來不及生。母親自己不覺察，旁人也沒有發覺，不再接生，因此就沒有生出來。胎死，血脈不再進入胎兒體內，必然乾枯而貼連母親的脊背，致使背脊常痛。現在應當給她服湯藥，並針一處，這死胎自會出來。」服過藥，施過針，婦人急痛，就

長可尺所②。

佗之絕技，凡此類也。然本作士人，以醫見業，意常自悔。後太祖親理，得病篤重，使佗專視。佗曰：「此近難濟，恒事攻治，可延歲月。」佗久遠家，思歸，因曰：「當得家書，方欲暫還耳。」到家，辭以妻病，數乞期不反。太祖累書呼，又敕郡縣發遣。佗恃能，厭食事，

❶ 聞：《後漢書・華佗傳》作「間」，是。間，近來。❷ 尺：漢代的一尺相當於今七寸左右。

像要生產一樣。華佗說：「這個死胎已乾枯很久，不能自己出來，應該叫人用手探取。」果然取出一個死了的男胎，手足完具，黑色，長一尺左右。

華佗的絕技，都像這一類。但他本來是士人，而以醫作為職業，心中常感到後悔。後來太祖親自處理國事，得病很重，叫華佗專門診治。華佗說：「這種病一時很難治好，長期治療，方可延遲歲月。」華佗長期離家，想要回去，因而說：「適才得到家書，想暫時回去。」到家後，藉口妻子病了，多次請假不返。太祖幾次寫信叫他，又命令郡縣官吏遣送他回來。華佗仗恃自己的技能，厭惡為人役使以求食，

猶不上道。太祖大怒，使人往檢。若妻信病，賜小豆四十斛，寬假限日；若其虛詐，便收送之。於是傳付許獄，考驗首服。荀彧請曰：「佗術實工，人命所縣，宜含宥之。」太祖曰：「不憂，天下當無此鼠輩耶！」遂考竟佗。佗臨死，出一卷書與獄吏，曰：「此可以活人。」吏畏法不受，佗亦不強，索火燒之。佗死後，太祖頭風未除。太祖曰：「佗能愈此。小人養吾病，欲以自重，然吾不殺此子，亦終當不為我斷此根原耳。」及後愛子倉舒病困，太祖歎曰：「吾悔殺華佗，令此兒強死也。」

仍然不上路。太祖大怒，叫人前往調查核實。如果他妻子真的病了，便賜給小豆四十石，寬限假期；如果他弄虛作假，便拘捕送回。於是用驛車押送到許都的監獄，經拷問，本人認罪服罪。荀彧請求說：「華佗的醫術的確很高明，事關人命，應該寬赦他。」太祖說：「別擔憂，天下難道會沒有這等鼠輩嗎！」於是將他拷打，以至死於獄中。華佗臨死，拿出一卷書送給獄吏，說：「這書可以救人命。」獄吏怕犯法不敢接受，華佗也不勉強他，取火燒了。華佗死後，太祖頭風仍未好。太祖說：「華佗能治癒這種病。他留下我的病，是想以此抬高自己。但如果我不殺這小子，也終究不會為我斷絕這病根的。」

初，軍吏李成苦欬嗽，晝夜不〔寤〕〔寐〕①，時吐膿血，以問佗。佗言：「君病腸臃，欬之所吐，非從肺來也。與君散兩錢，當吐二升餘膿血，訖，快。自養，一月可小起，好自將愛，一年便健。十八歲當一小發，服此散，亦行復差。若不得此藥，故當死。」復與兩錢散。成得藥，去五六歲②，親中人有病如成者，謂成曰：「卿今強健，我欲死，

❶寤：《後漢書・華佗傳》作「寐」，是。❷去（jǔ）：通「棄」，藏。

等到後來愛子倉舒病危，太祖歎息說：「我後悔殺了華佗，使得這孩子枉死。」

起初，軍吏李成苦於咳嗽，早晚不能入睡，時常吐膿血，去問華佗。華佗說：「你得的是腸癰，咳嗽吐出的東西，不是從肺部來的。我給你藥粉兩錢，吃了將會吐出二升多膿血，吐完就感覺舒服了。自己休養，一個月可稍稍起牀；再好生將養愛護，一年便能恢復健康。過十八年將會復發一次，服了這藥，不久又會痊癒。但假使沒有這種藥，那就必死。」於是再給他兩錢這種藥粉。李成得藥，收藏了五六年，親戚中有人得了同樣的病，對李成說：「你現在很強健，而我快死了，

何忍無急去藥，以待不祥？先持貸我，我差，為卿從華佗更索。」成與之。已，故到譙，適值佗見收，匆匆不忍從求。後十八歲，成病竟發，無藥可服，以至於死。

廣陵吳普、彭城樊阿皆從佗學。普依準佗治，多所全濟。佗語普曰：「人體欲得勞動，但不當使極爾。動搖則穀氣得消，血脈流通，病不得生，譬猶戶樞不朽是也。是以古之仙者為導引之事①，熊（頸）〔經〕鴟顧②，引輓腰體，動諸關節，以求難老。吾有一術，名五

你怎麼忍心沒有急病而藏着藥，以等待將來生病？你先拿來借給我吃，我痊癒了，替你去向華佗另外索取。」李成把藥給了他。這人病好後，特意去到譙縣，正遇上華佗被拘捕，匆忙之中不忍向他求藥。到了第十八年，李成的病果然發作，無藥可服，以至於死。

廣陵吳普、彭城樊阿都跟隨華佗學醫。吳普依照華佗治療的方法，醫好了很多人。華佗對吳普說：「人體應當經常活動，只是不要過於疲勞罷了。活動可以使食物消化，血脈流通，不致生病，好比經常轉動的戶樞不會腐朽一樣。因此古代的仙人做導引的事，仿效熊攀枝懸掛和鴟鳥

禽之戲，一曰虎，二曰鹿，三曰熊，四曰猿，五曰鳥，亦以除疾，並利蹄足，以當導引。體中不快，起作一禽之戲，沾濡汗出，因上著粉，身體輕便，腹中欲食。」普施行之，年九十餘，耳目聰明，齒牙完堅。

阿善針術。凡醫咸言背及胸藏之間不可妄針，針之不過四分，而阿針背入一二寸，

❶導引：古代一種活動筋骨以強身健體的方法，相當於做體操。❷經：原作「頸」，據《後漢書．華佗傳》改。經：縊死、上吊，這裏意思是懸掛。

回顧的動作，伸展腰肢，活動各關節，以求推遲衰老。我有一種健身術，名叫『五禽戲』，一為虎，二為鹿，三為熊，四為猿，五為鳥，也是用來消除疾病，並使四肢輕健，用來當作古人的導引之術。身體不舒服，便起身作一禽之戲，微微出汗，然後撲一點粉，便會感到身體輕便，肚子想吃東西。」吳普如法實行，活了九十多歲，還是耳聰目明，牙齒完整堅固。

樊阿善於針術。一般醫生都說背部和胸部內臟區域不能亂施針，要施針也不能深過四分，而樊阿在背部施針深入一二寸，

巨闕胸藏針下五六寸①，而病輒皆瘳。阿從佗求可服食益於人者，佗授以漆葉青黏散。漆葉屑一升，青黏屑十四兩，以是為率。言久服去三蟲②，利五藏，輕體，使人頭不白。阿從其言，壽百餘歲。漆葉處所而有，青黏生於豐、沛、彭城及朝歌云③。

❶巨闕：穴名，位於腹正中線上，臍上六寸。❷三蟲：人腹中的三種寄生蟲。說法不一。❸豐、沛、彭城、朝歌：均縣名。豐，今江蘇豐縣；沛，今江蘇沛縣；彭城，今江蘇徐州；朝歌，今河南淇縣。

在巨闕穴當胸臟處下針五六寸，而病往往都能痊癒。樊阿向華佗求教可以服食而對人有益的藥，華佗傳授給他「漆葉青粘散」：漆葉屑一升，青黏屑十四兩，按這個比例配方。說是久服可以除去三蟲，有利於五臟，使身體輕便，頭髮不白。樊阿聽從他的話，活到一百多歲。漆葉到處都有，青黏生長於豐縣、沛縣、彭城和朝歌等地。

先主傳

本篇是蜀漢先主劉備（161—223）的傳記，敍述了劉備艱難創業的過程。劉備出身於一個沒落的皇族家庭，他也是靠參與鎮壓黃巾而起家的。在漢末羣雄角逐之中，他原只是一個勢力單微的小軍閥，被呂布、曹操等大軍閥打得東奔西跑，經常寄人籬下。但他始終折而不撓，敗而不亡。這一方面是他利用了各軍閥之間的矛盾，另一方面，也由於他有着曹操等人所沒有的一些長處，如寬仁大度，禮賢愛士，較重信義，而且雄姿傑出，因此很得人心，名聲很大。後來他得到諸葛亮的輔助，在赤壁之戰中，聯合孫權，打敗曹操，開始在荊州取得立足之地，這成為他一生事業的一個轉捩點。以後又向益州發展，兼併劉璋，終於創建蜀漢。他於天下擾攘之中，統一了中國西南地區，在歷史上起過一定的進步作用，算得上一個英雄。但他的才能遠遠不及曹操，一生打仗，敗多勝少。特別是當了皇帝之後，為了替關羽報仇，忘記了聯吳抗曹的大計，不顧羣臣勸阻，執意東征，而又指揮錯誤，以至夷陵之戰全軍覆沒。因此對於這個歷史人物，不能給予過高的評價。

先主姓劉，諱備，字玄德，涿郡涿縣人①，漢景帝子中山靖王勝之後也。勝子貞，元狩六年封涿縣陸城亭侯②，坐酎金失侯③，因家焉。先主祖雄，父弘，世仕州郡。雄舉孝廉，官至東郡范令。

先主少孤，與母販履織席為業。舍東南角籬上有桑樹生，高五丈餘，遙望見童童如小車蓋，往來者皆怪此樹非凡，或謂當出貴人。先主少時，

❶ 涿縣：即今河北涿州。❷ 元狩：漢武帝年號。據《漢書》，劉貞於武帝元朔二年封陸城侯，不是元狩六年。陸城（又作「陸成」），縣名，屬中山國，故城在今河北蠡縣南，這裏説「涿縣陸城亭侯」，誤。❸ 酎（zhòu）金：漢律，天子祭宗廟，諸侯獻金助祭，叫「酎金」。漢武帝曾藉口酎金不合規格而廢除大批列侯爵位。

先主姓劉，名備，字玄德，涿郡涿縣人，是漢景帝的兒子中山靖王劉勝的後代。劉勝之子劉貞，漢武帝元狩六年封涿縣陸城亭侯，由於獻金助祭不合規格而被取消侯爵，因此在涿縣定居。先主的祖父劉雄、父親劉弘，世代在州郡做官。劉雄被舉薦為孝廉，官至東郡范縣縣令。

先主少年時父親去世，與母親賣草鞋織蓆作為生計。他家東南角籬笆上生了株桑樹，高五丈餘，遠遠望去，枝葉覆地有如小車蓋，往來人都為這株樹的非凡而感到奇怪，有的説樹下要出貴人。先主小時候，

與宗中諸小兒於樹下戲，言：「吾必當乘此羽葆蓋車[1]。」叔父子敬謂曰：「汝勿妄語，滅吾門也！」年十五，母使行學，與同宗劉德然、遼西公孫瓚俱事故九江太守同郡盧植。德然父元起常資給先主，與德然等。元起妻曰：「各自一家，何能常爾邪！」起曰：「吾宗中有此兒，非常人也。」而瓚深與先主相友。瓚年長，先主以兄事之。先主不甚樂讀書，喜狗馬、音樂、美衣服。身長七尺五寸[2]，垂手下膝，顧自見其耳。少語言，善下人，喜怒不形於色。好交結豪俠，年少爭附之。中山大商張世平、蘇

與本族的小孩們在樹下戲耍，說：「我必定會乘坐這個羽葆蓋的車子。」叔父子敬告訴他：「你別亂說，要滅我們滿門的！」到十五歲，母親叫他出外求學，與本族劉德然和遼西公孫瓚都拜原九江太守、同郡人盧植為師。德然的父親元起常資助先主，與德然同等對待。元起的妻子說：「各是一家，怎能經常如此呢！」元起說：「我們宗族中的這個孩子，是個非凡的人物。」公孫瓚與先主是交情很深的好友，瓚年長，先主把他當成兄長。先主不大愛讀書，而喜歡玩狗馬、音樂、穿漂亮衣服。身長七尺五寸，垂手過膝，眼睛向後看能看見自己的耳朵。少言語，善於謙虛待人，喜怒不形於色。愛結交豪俠，年青

雙等貲累千金，販馬周旋於涿郡，見而異之，乃多與之金財，先主由是得用合徒眾。

靈帝末，黃巾起，州郡各舉義兵，先主率其屬從校尉鄒靖討黃巾賊有功，除安喜尉③。督郵以公事到縣，先主求謁，不通，直入縛督郵，杖二百，解綬繫其頸着馬枊④，棄官亡命。頃之，大將軍何進遣都尉毋丘毅詣丹楊募兵，先主與俱行，至下邳遇賊，力戰有功，

❶ 羽葆蓋車：天子所乘的一種車，以翠羽飾車蓋。❷ 七尺五寸：約相當於今 1.73 米。❸ 安喜：縣名，在今河北定州東，屬中山國。尉：縣尉，主管捕盜賊。❹ 枊（àng）：繫馬的木樁。

人都爭着歸附他。中山國大商人張世平、蘇雙等有成千斤黃金的資產，因賣馬來往於涿郡，見了先主就非常看重，就給了他不少金錢財物。先主因此得以糾合人眾。

漢靈帝末年，黃巾起事，各州郡都自行發起義兵，先主率領他的部屬跟隨校尉鄒靖討伐黃巾軍有功，被任為安喜縣尉。郡督郵因公事到縣，先主求見，手下人竟不給通報，先主徑直進去綁了督郵，打二百杖，解下縣尉印帶繫在他頸上，然後把他綁在拴馬樁上，棄官逃亡。不久，大將軍何進派遣都尉毋丘毅到丹楊郡募集兵馬，先主同他一起去，到下邳碰上黃巾軍，力戰有功，

除為下密丞①。復去官。後為高唐尉，遷為令。為賊所破，往奔中郎將公孫瓚②，瓚表為別部司馬③，使與青州刺史田楷以拒冀州牧袁紹。數有戰功，試守平原令，後領平原相。郡民劉平素輕先主，恥為之下，使客刺之。客不忍刺，語之而去。其得人心如此。

袁紹攻公孫瓚，先主與田楷東屯齊。曹公征徐州，徐州牧陶謙遣使告急於田楷，楷與先主俱救之。時先主自有兵千餘人及幽州烏丸雜胡騎④，又略得飢民數千人。既到，謙以丹楊兵四千益

被任命為下密縣丞。再次棄官。後來作高唐尉，又升任該縣縣令。縣城被黃巾攻破，前去投奔中郎將公孫瓚，公孫瓚上表任為別部司馬，派他與青州刺史田楷去抵禦冀州牧袁紹。屢獲戰功，試用為平原縣令，後兼任平原國相。平原郡民劉平向來看不起先主，以屬他所管為恥，便派刺客去暗殺他。刺客卻不忍心刺殺，告訴了他就走了。他就是這樣得人心。

袁紹進攻公孫瓚，先主與田楷往東駐軍於齊。曹公征伐徐州，徐州牧陶謙遣使告急於田楷，田楷與先主都去援救他。當時先主自己有兵千餘人，加上幽州來的烏丸、雜胡騎兵，又擄掠到飢民幾千人當

先主，先主遂去楷歸謙。謙表先主為豫州刺史，屯小沛⑤。謙病篤，謂別駕麋竺曰：「非劉備不能安此州也。」謙死，竺率州人迎先主，先主未敢當。下邳陳登謂先主曰：「今漢室陵遲，海內傾覆，立功立事，在於今日。彼州殷富⑥，戶口百萬，欲屈使君撫臨州事。」先主曰：「袁公路近在壽春⑦，此君四世五公，海內所歸，君可以州與之。」

兵。到徐州後，陶謙以四千丹楊兵補充先主軍，先主因此離開田楷歸附陶謙。陶謙上表任先主為豫州刺史，屯軍小沛。陶謙病危，對徐州別駕麋竺說：「除了劉備，沒人能安定這個州。」陶謙死後，麋竺率領州人迎接先主，先主不敢當。下邳陳登對先主說：「如今漢朝衰微，天下大亂，建功立業，就在今日。鄙州財物豐富，戶口百萬，想要委屈使君治理州事。」先主說：「袁術近在壽春，他家四代人出了五個三公，天下歸附，您可以把徐州交給他。」

❶下密：縣名，在今山東昌邑東。丞：縣令或縣長的佐官。❷中郎將：領兵的軍官之一，次於將軍。❸別部司馬：高級將領屬下的軍官，別領一部，故名。❹烏丸：見《武帝紀》P33注❺。雜胡：北方的各種胡人。❺小沛：即沛縣，見《武帝紀》P49注❺。❻彼州：當從《華陽國志》作「鄙州」。陳登即徐州人，故謙稱「鄙州」。❼袁公路：袁術，字公路。

登曰：「公路驕豪，非治亂之主。今欲為使君合步騎十萬，上可以匡主濟民，成五霸之業，下可以割地守境，書功於竹帛。若使君不見聽許，登亦未敢聽使君也。」北海相孔融謂先主曰：「袁公路豈憂國忘家者邪？冢中枯骨，何足介意！今日之事，百姓與能，天與不取，悔不可追。」先主遂領徐州。袁術來攻先主，先主拒之於盱眙、淮陰①。曹公表先主為鎮東將軍，封宜城亭侯，是歲建安元年也。

先主與術相持經月，呂布乘虛襲下

陳登說：「袁術驕橫，不是治理亂世的帥才。我現在想要為使君集合十萬兵馬，上可以扶佐主上，救濟百姓，完成春秋五霸的事業；下可以割地守境，功勳書於史冊。假使您不應允，我也不敢聽您的。」北海相孔融對先主說：「袁術哪是憂國忘家的人呢！四世五公早已是墳墓中的枯骨，哪裏值得放在心上！今天的現實是，誰有才能百姓就擁戴誰。上天給你你不要，後悔莫及。」於是先主兼任徐州刺史。袁術來攻先主，先主在盱眙、淮陰一帶進行抵禦。曹公上表任命先主為鎮東將軍，封宜城亭侯，這是建安元年的事。

先主與袁術相持了一個多月，呂布乘

邳。下邳守將曹豹反，間迎布。布虜先主妻子，先主轉軍海西②。楊奉、韓暹寇徐、揚間，先主邀擊，盡斬之③。先主求和於呂布，布還其妻子。先主遣關羽守下邳④。

先主還小沛，復合兵得萬餘人。呂布惡之，自出兵攻先主，先主敗走，歸曹公。曹公厚遇之，以為豫州牧。將至沛收散卒，給其軍糧，益與兵使東擊布。布遣高順攻之，曹公遣夏侯惇往，

❶盱眙（xū yí）：縣名，在今江蘇盱眙縣東北。淮陰：縣名，在今江蘇淮安。❷海西：縣名，在今江蘇灌南縣南。❸這時楊奉、韓暹未死，此處記載有誤。❹遣關羽守下邳是呂布死後之事，此處亦誤。

虛襲擊下邳。下邳守將曹豹反叛，乘機迎接呂布。呂布擄獲先主的妻兒，先主移軍海西縣。楊奉、韓暹侵掠徐州、揚州之間，先主攔擊，殺了二人。先主向呂布求和，呂布歸還了他的妻兒。先主派關羽守下邳。

先主回到小沛，又集合兵卒，得萬餘人。呂布忌恨，親自出兵攻先主，先主敗逃，歸附曹公。曹公厚待他，讓他做豫州牧。他將要到沛收集散兵，曹公給他軍糧，並增撥士兵，使他東擊呂布。呂布派高順來攻先生，曹公派夏侯惇前往援救，

不能救，為順所敗，復虜先主妻子送布。曹公自出東征，助先主圍布於下邳，生禽布。先主復得妻子，從曹公還許。表先主為左將軍①，禮之愈重，出則同輿，坐則同席。袁術欲經徐州北就袁紹，曹公遣先主督朱靈、路招要擊術。未至，術病死。

先主未出時，獻帝舅車騎將軍董承（辭）受帝衣帶中密詔②，當誅曹公。先主未發③。是時曹公從容謂先主曰：「今天下英雄，唯使君與操耳，本初之徒，不足數也。」先主方食，失匕箸。遂與

沒能救成，被高順打敗，高順又俘虜先主的妻兒送給呂布。曹公親自出馬東征，幫助先主圍呂布於下邳，活捉呂布。先主重新得到妻兒，隨曹公回許。曹公上表任先主為左將軍，更加隆重地以禮待他，出則同車，坐則同席。這時，袁術想要經過徐州北上到袁紹那裏去，曹公派先主督率朱靈、路招截擊袁術。但還沒到，袁術就病死了。

先主尚未出征時，漢獻帝的舅父車騎將軍董承接受獻帝藏在衣帶中的密詔，要殺曹公。先生還未動手。這時曹公從容地對先主說：「當今天下的英雄，只有您和我罷了，袁紹之流算不得英雄。」先主

承及長水校尉種輯、將軍吳子蘭、王子服等同謀。會見使，未發。事覺，承等皆伏誅。

先主據下邳。靈等還，先主乃殺徐州刺史車冑，留關羽守下邳，而身還小沛。東海昌霸反，郡縣多叛曹公為先主，眾數萬人，遣孫乾與袁紹連和。曹公遣劉岱、王忠擊之，不克。五年，曹公東征先主，先主敗績。曹公盡收其眾，虜先主妻子，幷禽關羽以歸。

❶ 左將軍：漢有前、後、左、右將軍，位次上卿，金印紫綬。❷「辭」字是多出的字，應刪。❸ 根據下文，「先主未發」四字應當是多餘的文字。

正在吃飯，大吃一驚，湯匙筷子都掉在了地上。於是與董承及長水校尉種輯、將軍吳子蘭、王子服等同謀。正好被派去打袁術，還沒有行動。事情被發覺，董承等都被處死。

先主佔據下邳。朱靈等回來後，先主就殺了徐州刺史車冑，留關羽守下邳，自己回小沛。東海人昌霸反，很多郡縣都背叛曹公而倒向先主，先主的兵達到幾萬人，派孫乾與袁紹連和。曹公派劉岱、王忠去進攻先主，沒能打勝。建安五年，曹公東征先主，先主潰敗。曹公接收了他的全部人馬，俘虜了他的妻兒，並捉了關羽而回。

先主走青州。青州刺史袁譚，先主故茂才也[1]，將步騎迎先主。先主隨譚到平原，譚馳使白紹。紹遣將道路奉迎，身去鄴二百里，與先主相見。駐月餘日，所失亡士卒稍稍來集。曹公與袁紹相拒於官渡，汝南黃巾劉辟等叛曹公應紹。紹遣先主將兵與辟等略許下。關羽亡歸先主。曹公遣曹仁將兵擊先主，先主還紹軍，陰欲離紹，乃說紹南連荊州牧劉表。紹遣先主將本兵復至汝南，與賊龔都等合，眾數千人。曹公遣蔡陽擊之，為先主所殺。

先主跑到青州，青州刺史袁譚是先主當豫州刺史時所舉的茂才，帶領步兵騎兵來迎接先主。先主跟隨袁譚到平原，袁譚派人騎快馬報告袁紹。袁紹派遣部將在路上迎接，並親自走出鄴城二百里與先主相見。住了一個多月，所失散的士卒逐漸來集中。曹公與袁紹在官渡相持，汝南黃巾劉辟等反叛曹公回應袁紹。袁紹派先主帶兵與劉辟等攻擾許縣附近。關羽逃回先主那裏。曹公派曹仁領兵打先主。先主把軍隊歸還袁紹，暗中想離開袁紹，因此勸說袁紹南連荊州牧劉表。袁紹派先主帶領本身的兵再到汝南，與賊龔都等會合，有幾千人馬。曹公派蔡陽去攻打，被先主殺死。

曹公既破紹，自南擊先主。先主遣麋竺、孫乾與劉表相聞，表自郊迎，以上賓禮待之，益其兵，使屯新野。荊州豪傑歸先主者日益多，表疑其心，陰禦之，使拒夏侯惇、于禁等於博望②。久之，先主設伏兵，一旦自燒屯偽遁，惇等追之，為伏兵所破。

十二年，曹公北征烏丸，先主説表襲許，表不能用。曹公南征表，會表卒，

❶茂才：即秀才。東漢避光武帝劉秀的名諱，改「秀」為「茂」。秀才是漢代薦舉人才的一個科目，每年由州刺史按一定名額向中央推薦。袁譚是豫州汝南郡人，劉備做豫州刺史，舉為茂才。❷博望：縣名，在今河南方城縣西南。

曹公既破袁紹，親自南擊先主。先主派麋竺、孫乾前往荊州告知劉表想去投奔他，劉表親自出城迎接，以上賓禮對待他，給他增加士兵，使他屯駐新野。荊州豪傑歸附先主的一天比一天多，劉表懷疑他有二心，暗中防備他。後來叫他到博望抵禦夏侯惇、于禁。過了一些時候，先主佈置伏兵，忽然自己燒了軍營假裝逃跑，夏侯惇等率軍追趕，被伏兵打敗。

建安十二年，曹公北征烏丸，先主勸劉表襲擊許，劉表不聽。次年曹公南征劉表，適逢劉表病死，

子琮代立，遣使請降。先主屯樊，不知曹公卒至，至宛乃聞之，遂將其眾去。過襄陽，諸葛亮說先主攻琮，荊州可有。先主曰：「吾不忍也。」乃駐馬呼琮，琮懼不能起。琮左右及荊州人多歸先主。比到當陽，眾十餘萬，輜重數千輛，日行十餘里，別遣關羽乘船數百艘，使會江陵。或謂先主曰：「宜速行保江陵，今雖擁大眾，被甲者少，若曹公兵至，何以拒之？」先主曰：「夫濟大事必以人為本，今人歸吾，吾何忍棄去！」

曹公以江陵有軍實，恐先主據之，

他的兒子劉琮繼任荊州牧，派遣使者請求投降。當時先主駐紮在樊城，不知道曹公突然來到，到了宛才聽說，就帶了他的人馬離去。過襄陽時，諸葛亮勸先主攻打劉琮，就可以佔有荊州。先主說：「我不忍心。」於是停下馬呼喚劉琮，劉琮害怕得站不起來。劉琮左右的人和荊州人很多歸附先主。待到當陽縣，有十幾萬人，運物資的車幾千輛，每天只能走十幾里。另外派關羽乘船數百艘，叫他到江陵會合。有人對先主說：「應該趕快走，以便守住江陵。現在雖然擁有大批人眾，而甲士很少，如果曹公兵來了，怎麼禦敵？」先主說：「要成就大事必須以人為本，現在人們歸附我，我怎麼忍心拋棄他們而走呢！」

乃釋輜重，輕軍到襄陽。聞先主已過，曹公將精騎五千急追之，一日一夜行三百餘里，及於當陽之長坂①。先主棄妻子，與諸葛亮、張飛、趙雲等數十騎走，曹公大獲其人眾輜重。先主斜趨漢津②，適與羽船會，得濟沔，遇表長子江夏太守琦眾萬餘人，與俱到夏口。先主遣諸葛亮自結於孫權，權遣周瑜、程普等水軍數萬，與先主并力，與曹公戰於赤壁，大破之，焚其舟船。先主與吳軍水陸並進，追到南郡③。

❶長坂：地名，在今湖北當陽東北。❷漢津：漢水的一個渡口，在今湖北荊門東。❸南郡：治江陵，即今湖北江陵。

曹公因為江陵有軍用物資，恐怕被先主佔據，因此丟下輜重，輕軍到襄陽。聽說先主已經過去，曹公率領精銳騎兵五千急速追趕，一日一夜跑了三百多里，到當陽的長阪終於趕上。先主拋棄妻兒，與諸葛亮、張飛、趙雲等幾十騎逃跑，曹公繳獲了他的大批人眾物資。先主斜穿到漢津，正好與關羽的船相會，得以渡過漢水，又遇上劉表長子江夏太守劉琦的部隊萬餘人，與他一起到了夏口。先主派諸葛亮同孫權結好，孫權派周瑜、程普等水軍數萬人，與先主合力，同曹公戰於赤壁，大敗曹公軍，焚燬了他的船隻。先主與吳軍水陸並進，追到江陵。

時又疾疫，北軍多死，曹公引歸。

先主表琦為荊州刺史，又南征四郡。武陵太守金旋、長沙太守韓玄、桂陽太守趙範、零陵太守劉度皆降①。廬江雷緒率部曲數萬口稽顙②。琦病死，羣下推先主為荊州牧，治公安③。權稍畏之，進妹固好。先主至京見權④，綢繆恩紀。權遣使云欲共取蜀，或以為宜報聽許，吳終不能越荊有蜀，蜀地可為己有。荊州主簿殷觀進曰：「若為吳先驅，進未能克蜀，退為吳所乘，即事去矣。今但可然贊其伐蜀，而自說新據諸郡，

當時又遇上瘟疫，北軍死亡很多，曹公就引兵退回北方了。

先主上表任劉琦為荊州刺史，又南征四郡。武陵太守金旋、長沙太守韓玄、桂陽太守趙範、零陵太守劉度全都投降。廬江雷緒也率領部屬數萬人歸順。劉琦病死，部下推舉先主作荊州牧，州署設在公安。孫權逐漸感到畏懼，遂將他的妹妹嫁給先主以鞏固友好的關係。先主到京口會見孫權，表示親密友愛。後來孫權派使者來說想要共同奪取巴蜀。有人認為應當答覆表示同意，因為孫吳總不能越過荊州佔有巴蜀，而蜀地可以為我所有。荊州主簿殷觀獻計說：「如果我們替吳人打先鋒，

未可興動，吳必不敢越我而獨取蜀。如此進退之計，可以收吳、蜀之利。」先主從之，權果輟計。遷觀為別駕從事。

十六年，益州牧劉璋遙聞曹公將遣鍾繇等向漢中討張魯，內懷恐懼。別駕從事蜀郡張松說璋曰：「曹公兵強，無敵於天下，若因張魯之資以取蜀土，誰能禦之者乎？」璋曰：「吾固憂之，而未有計。」

❶ 武陵：郡名，治臨沅縣，在今湖南常德市西。長沙：郡名，治臨湘縣，即今湖南長沙。桂陽：郡名，治郴縣，即今湖南郴州。零陵：郡名，治泉陵縣，即今湖南零陵。❷ 稽顙（qǐ sǎng）：以額觸地，今稱「磕頭」，古代喪禮之一。這裏表示投降、歸順。❸ 公安：地名，在今湖北公安縣東北。❹ 京：京城，一稱「京口」，即今江蘇鎮江。

前進則不能攻下蜀，後退則又被吳乘機襲擊，那麼大事就完了。目前只能表示贊成他去伐蜀，但又說我們自己剛剛佔據幾個郡，還不能興兵，吳必定不敢越過我們而單獨佔取蜀。按照這個可進可退的計策，可以取得吳、蜀兩方面的好處。」先主聽從了他的建議，孫權果然取消了原來的打算。先主提升殷觀做別駕從事。

建安十六年，益州牧劉璋遠遠聽說曹公將要派鍾繇等人到漢中討伐張魯，心中恐懼。別駕從事蜀郡人張松對劉璋說：「曹公兵力強盛，天下無敵，如若利用張魯的人力物力以奪取蜀地，誰能抵擋？」劉璋說：「我本來就擔憂這一點，但還沒有計策。」

松曰：「劉豫州，使君之宗室，而曹公之深仇也，善用兵。若使之討魯，魯必破；魯破，則益州強，曹公雖來，無能為也。」璋然之，遣法正將四千人迎先主，前後賂遺以巨億計。正因陳益州可取之策。先主留諸葛亮、關羽等據荊州，將步卒數萬人入益州。至涪①，璋自出迎，相見甚歡。張松令法正白先主，及謀臣龐統進說，便可於會所襲璋。先主曰：「此大事也，不可倉卒。」璋推先主行大司馬②，領司隸校尉③；先主亦推璋行鎮西大將軍④，領益州牧。璋增先主兵，使擊張魯，又令督白水

張松說：「劉豫州是您的同宗，又是曹公有深仇的敵人，他善於用兵。如果讓他去討伐張魯，張魯必敗；打垮了張魯，則益州強大，曹公即使來，也無能為力了。」劉璋很贊成，便派法正率四千人到荊州迎接先主，前後贈送的財物數以億計。法正乘機向先主陳述益州可以奪取的計策。先主留下諸葛亮、關羽等據守荊州，率步兵幾萬人入益州。到了涪縣，劉璋親自出來迎接，二人相見很高興。張松叫法正告訴先主，同時謀臣龐統也獻計，都勸先主乘機在宴會上襲擊劉璋。先主說：「這是大事，不可匆忙。」劉璋推舉先主代理大司馬，兼司隸校尉；先主也推舉劉璋代理鎮西大將軍，兼益州牧。劉璋增加先主

軍⑤。先主并軍三萬餘人，車甲器械資貨甚盛。是歲，璋還成都。先主北到葭萌⑥，未即討魯，厚樹恩德，以收眾心。

明年，曹公征孫權，權呼先主自救。先主遣使告璋曰：「曹公征吳，吳憂危急，孫氏與孤，本為脣齒。又樂進在青泥與關羽相拒⑦，今不往救羽，進必大克，轉侵州界，其憂有甚於魯。魯自守之賊，

的兵力，使他打張魯，又叫他督率白水的駐軍。先主共有軍隊三萬餘人，車輛、鎧甲、器械等各種物資錢財很充足。這一年，劉璋回成都。先主北到葭萌，並沒有立即討伐張魯，而是大施恩德，以爭取人心。

第二年，曹公征伐孫權，孫權呼籲先主援救自己。先主遣使告訴劉璋說：「曹公征吳，吳主憂慮情況危急，孫氏和我，本是唇齒相依。況且樂進在青泥與關羽相抗拒，現在不前往救關羽，樂進必定大勝，轉而侵擾益州地界，這個後患超過張魯。張魯是個割地自守的敵人，

---

❶涪：縣名，即今四川綿陽。❷行：代理。大司馬：官名，位在三公之上。❸司隸校尉：官名。漢武帝分全國為十三州部，京師附近諸郡稱司隸校尉部，設司隸校尉，掌糾察京師百官及部內諸郡。劉備領此職只是空銜。❹鎮西大將軍：位次三公。❺白水：關名，在今四川青川縣東白水鎮，為當時軍事要地。❻葭（jiā）萌：縣名，在今廣元昭化。❼樂進：曹操將領，為折衝將軍。青泥：地名，在今湖北襄陽西北三十里。

不足慮也。」乃從璋求萬兵及資（寶）〔寶〕，欲以東行。璋但許兵四千，其餘皆給半。張松書與先主及法正曰：「今大事垂可立，如何釋此去乎！」松兄廣漢太守肅懼禍逮己，白璋發其謀。於是璋收斬松，嫌隙始構矣。璋敕關戍諸將文書勿復關通先主。先主大怒，召璋白水軍督楊懷，責以無禮，斬之。乃使黃忠、卓膺勒兵向璋。先主徑至關中，質諸將并士卒妻子，引兵與忠、膺等進到涪，據其城。璋遣劉璝、冷苞、張任、鄧賢等拒先主於涪，皆破敗，退保綿竹①。璋復遣李嚴督綿竹諸軍，嚴率眾

不值得憂慮。」於是向劉璋要求給予一萬兵和軍用物資，準備東行。劉璋只答應給兵四千，其餘都給一半。張松寫信給先主和法正說：「現在大事很快可以成功，怎麼捨此而去呢！」張松的哥哥廣漢太守張肅害怕禍事連累自己，報告劉璋揭發了張松的密謀。於是劉璋逮捕並處死張松，二人的怨恨和裂痕開始形成了。劉璋命令各關守將，來往文書不再通報先主。先主大怒，把劉璋的白水軍督楊懷叫來，指責他無禮，將他殺掉。進而使黃忠、卓膺統兵攻劉璋。先主逕自到白水關中，拘禁諸將和士兵們的妻子兒女作為人質，然後領兵與黃忠、卓膺等人進兵到涪縣，佔領了縣城。劉璋派劉璝、冷苞、張任、鄧賢等人到涪縣抵

降先主。先主軍益強，分遣諸將平下屬縣。諸葛亮、張飛、趙雲等將兵泝流定白帝、江州、江陽②，惟關羽留鎮荊州。先主進軍圍雒③。時璋子循守城，被攻且一年。

十九年夏，雒城破，進圍成都數十日，璋出降。蜀中殷盛豐樂，先主置酒大饗士卒，取蜀城中金銀分賜將士，還其穀帛。先主復領益州牧，諸葛亮為股肱，法正為謀主，關羽、張飛、

❶綿竹：縣名，在今四川德陽市北。❷泝（sù）：同「溯」。白帝：即今奉節縣東白帝城。江州：縣名，在今重慶市。江陽：縣名，即今四川瀘州。❸雒（luò）：縣名，在今四川廣漢北，為廣漢郡治所。

禦先主，都被打敗，退保綿竹。劉璋又派李嚴督綿竹諸軍，而李嚴率部眾投降先主。先主軍更強大，分別派遣諸將攻下屬縣，又叫諸葛亮、張飛、趙雲等率兵從荊州溯江而上，平定白帝、江州、江陽，只有關羽留鎮荊州。先主進軍包圍雒縣，當時劉璋的兒子劉循守城，被攻將近一年。

建安十九年夏天，雒城被攻破，進攻圍困成都幾十天，劉璋出城投降。蜀中人口眾多，財物豐盛，生活快樂。先主擺設酒宴犒勞士卒，取蜀地各城中的金銀分賜將士，而把糧食絹帛還給蜀人。先主又兼任益州牧，以諸葛亮為臂膀，法正為謀主，關羽、張飛、

馬超為爪牙，許靖、麋竺、簡雍為賓友。及董和、黃權、李嚴等本璋之所授用也，吳壹、費觀等又璋之婚親也，彭羕又璋之所排擯也，劉巴者宿昔之所忌恨也①，皆處之顯任，盡其器能，有志之士無不競勸。

二十年，孫權以先主已得益州，使使報欲得荊州。先主言：「須得涼州，當以荊州相與。」權忿之，乃遣呂蒙襲奪長沙、零陵、桂陽三郡。先主引兵五萬下公安，令關羽入益陽②。是歲，曹公定漢中，張魯遁走巴西③。先主聞之，

馬超為戰將，許靖、麋竺、簡雍為賓客朋友。其他如董和、黃權、李嚴等本是劉璋使用的人，吳壹、費觀等是劉璋的姻親，彭羕是劉璋所排斥的人，劉巴則是自己過去所忌恨的人，先主都把他們安置在顯耀的職位上，充分發揮他們的才能。這樣一來，有志之士無不爭相勸勉。

二十年，孫權因為先主已得益州，派遣使者告訴先主要索還荊州。先主說：「等我得了涼州，便會把荊州還給你。」孫權很氣憤，便派呂蒙襲奪長沙、零陵、桂陽三郡。先主領兵五萬下駐公安，命關羽入益陽。這一年，曹公平定漢中，張魯逃跑到巴西。先主聽說後，與孫權連和，

與權連和，分荊州：江夏、長沙、桂陽東屬，南郡、零陵、武陵西屬。引軍還江州。遣黃權將兵迎張魯，張魯已降曹公。曹公使夏侯淵、張郃屯漢中，數數犯暴巴界。先主令張飛進兵宕渠④，與郃等戰於瓦口⑤，破郃等，〔郃〕收兵還南鄭。先主亦還成都。

二十三年，先主率諸將進兵漢中。分遣將軍吳蘭、雷銅等入武都，

❶ 劉巴：荊州人。曹操南征荊州，劉巴不隨從劉備，而北投曹操，曹操派他到長沙等郡招降。後來劉備佔有長沙等郡，劉巴又遠赴交趾，復從交趾至蜀，故為劉備所恨。❷ 益陽：縣名，在今湖南益陽市東。❸ 巴西：郡名，治閬中縣，即今四川閬中。❹ 宕渠：縣名，在今四川渠縣東北。❺ 瓦口：地名，在今渠縣東。

劃分荊州：江夏、長沙、桂陽三郡屬吳，南郡、零陵、武陵三郡屬蜀。然後領軍回江州。派遣黃權帶兵迎接張魯，而張魯已投降曹公。曹公令夏侯淵、張郃屯兵漢中，屢屢侵掠巴西郡界。先主令張飛進兵宕渠，與張郃等人戰於瓦口，打敗張郃等人後，張郃收兵回南鄭。先主也回到成都。

二十三年，先主率領諸將進兵漢中。另派將軍吳蘭、雷銅等入武都，

皆為曹公軍所沒。先主次于陽平關，與淵、郃等相拒。

二十四年春，自陽平南渡沔水①，緣山稍前，於定軍山勢作營②。淵將兵來爭其地。先主命黃忠乘高鼓譟攻之，大破淵軍，斬淵及曹公所署益州刺史趙顒等。曹公自長安舉眾南征。先主遙策之曰：「曹公雖來，無能為也，我必有漢川矣。」及曹公至，先主斂眾拒險，終不交鋒，積月不拔，亡者日多。夏，曹公果引軍還，先主遂有漢中。遣劉封、孟達、李平等攻申耽於上庸③。

結果都被曹公軍消滅。先主進駐陽平關，與夏侯淵、張郃等相對抗。

二十四年春，從陽平南渡沔水，沿山逐漸推進，於定軍山險要之地紮營。夏侯淵帶兵來爭奪此地。先主命令黃忠登高擂鼓吶喊，發動進攻，大破夏侯淵軍隊，殺死夏侯淵和曹公所任命的益州刺史趙顒等人。曹公從長安率大軍南征。先主老遠就預料說：「曹公即使來，也無能為力，我必定佔有漢中了。」等曹公來到，先主收攏軍隊憑險拒守，始終不交鋒，所以持續一兩個月都不能攻下，曹軍士卒逃跑的一天比一天多。到了夏天，曹公果然領軍返回，先主於是佔有漢中。後來又派劉封、

秋，羣下上先主為漢中王，表於漢帝曰：

平西將軍、都亭侯臣馬超，左將軍（領）長史、（領）鎮軍將軍臣許靖，營司馬臣龐羲，議曹從事中郎、軍議中郎將臣射援，軍師將軍臣諸葛亮，盪寇將軍、漢壽亭侯臣關羽，征虜將軍、新亭侯臣張飛，征西將軍臣黃忠，鎮遠將軍臣賴恭，揚武將軍臣法正，興業將軍臣李嚴等一百二十人上言曰：

❶ 沔水：即漢水。❷ 定軍山：在今陝西省勉縣東南。勢：古代川東、漢中一帶稱險要之山為「勢」。❸ 申耽：曹操所署上庸都尉。

孟達、李平等人到上庸進攻申耽。

這年秋季，眾文武屬官擁戴先主為漢中王，上表給漢獻帝說：

平西將軍、都亭侯臣馬超，左將軍長史、領鎮軍將軍臣許靖，營司馬臣龐羲，議曹從事中郎、軍議中郎將臣射援，軍師將軍臣諸葛亮，盪寇將軍、漢壽亭侯臣關羽，征虜將軍、新亭侯臣張飛，征西將軍臣黃忠，鎮遠將軍臣賴恭，揚武將軍臣法正，興業將軍臣李嚴等一百二十人上表：

昔唐堯至聖而四凶在朝①，周成仁賢而四國作難②，高后稱制而諸呂竊命③，孝昭幼沖而上官逆謀④，皆馮世寵⑤，藉履國權，窮凶極亂，社稷幾危。非大舜、周公、朱虛、博陸⑥，則不能流放禽討，安危定傾。伏惟陛下誕姿聖德，統理萬邦，而遭厄運不造之艱。董卓首難，蕩覆京畿；曹操階禍，竊執天衡。皇后、太子，鴆殺見害，剝亂天下，殘毀民物，久令陛下蒙塵憂厄，幽處虛邑。人神無主，遏絕王命，厭昧皇極，欲盜神器。左將軍、領司隸校尉、豫荊益三州牧、宜城亭侯備，受朝爵秩，念在輸力，以

從前唐堯是大聖人，而朝廷有四凶；周成王是仁賢的君主，而管、蔡等人作亂；高后臨朝稱制，而諸呂竊取朝政；昭帝年幼，而上官桀等圖謀叛逆。這些都是憑藉世代的恩寵，從而執掌國家大權，窮凶極惡，使社稷瀕於危亡。要是沒有大舜、周公、劉章、霍光等人，就不能將他們流放、擒拿、討滅，使國家轉危為安。陛下以偉大的資質、聖明的德性，統理萬國，而遭遇艱難困頓的厄運。董卓首先作亂，傾覆京師；曹操繼而為禍，竊取朝權。皇后、太子，慘遭鴆酒毒害；天下擾亂，民生殘破。致使陛下長期流離失所，飽經憂患，被幽禁在空城之中。人神無主，王命阻絕，朝政昏暗，帝位將被

殉國難。睹其機兆，赫然憤發，與車騎將軍董承同謀誅操，將安國家，克寧舊都。會承機事不密，令操游魂得遂長惡，殘泯海內。臣等每懼王室大有閻樂之禍⑦，小有定安之變⑧，夙夜惴惴，戰慄累息。

篡奪。左將軍、領司隸校尉、豫荊益三州牧、宜城亭侯劉備，接受朝廷爵祿，決心竭盡全力，為解除國難而獻身。目睹奸臣篡位的徵兆，赫然發憤，與車騎將軍董承共謀誅除曹操，以便安定國家，恢復舊都。不幸董承機密洩露，使曹操得以繼續作惡，殘害天下。臣等常恐王室大則有閻樂殺二世的禍患，小則有王莽廢孺子的事變，晝夜忐忑不安，驚恐危懼。

❶四凶：傳説是堯時的四個兇族，即渾敦、窮奇、檮杌、饕餮，後來被舜流放。❷四國：指管叔、蔡叔、霍叔、殷武庚。周成王年少即位，周公輔政，管叔等人起來叛亂，周公東征滅之。❸高后：漢高祖皇后呂氏，漢惠帝之母。稱制：行使皇帝權力。惠帝死後，呂后臨朝稱制，任用呂家的人掌權。呂后死，諸呂圖謀作亂。後為太尉周勃、朱虛侯劉章等人所滅。❹孝昭：漢昭帝。上官：上官桀。昭帝年幼即位，上官桀與霍光輔政。上官桀等人陰謀殺霍光、廢昭帝。事發被誅。❺馮：同「憑」。❻朱虛、博陸：劉章被封為朱虛侯；霍光被封為博陸侯。❼閻樂之禍：指秦末權臣趙高使閻樂殺死秦二世。❽定安之變：西漢末，王莽立漢廣戚侯的兒子劉嬰為皇太子，號「孺子」，後王莽稱帝，廢孺子為定安公。

昔在《虞書》，敦序九族①。周監二代，封建同姓，《詩》著其義②，歷載長久。漢興之初，割裂疆土，尊王子弟，是以卒折諸呂之難，而成太宗之基③。臣等以備肺腑枝葉④，宗子藩翰，心存國家，念在弭亂。自操破於漢中，海內英雄望風蟻附，而爵號不顯，九錫未加，非所以鎮衛社稷，光昭萬世也。奉辭在外，禮命斷絕。昔河西太守梁統等值漢中興⑤，限於山河，位同權均，不能相率，咸推竇融以為元帥，卒立效績，摧破隗囂。今社稷之難，急於隴蜀⑥。操外吞天下，內殘羣寮，朝廷有蕭牆之

從前《虞書》中說，要以寬厚的態度使同族的人各得其所。周朝以夏、商兩代為借鑒，分封同姓，《詩經》說明了以同姓作為屏藩的意義，故而周朝歷年長久。漢朝建立之初，分割疆土，封子弟為諸侯王，因此終於挫敗諸呂的禍亂，成就文帝的基業。臣等認為劉備出身皇族，乃王室的屏藩，一心想着國家，意在平定禍亂。自從他在漢中打敗曹操，天下英雄望風歸附，但他沒有高貴的爵位名號，也未受到九錫的賜予，這就不利於守衛社稷，光照萬世。臣等奉命在外，朝廷的恩禮詔命斷絕。過去酒泉太守梁統等河西守臣，當漢朝中興之時，由於道路阻隔，又彼此官位相同、權力相等，不能互相統率，於是

危⑦，而禦侮未建，可為寒心。臣等輒依舊典，封備漢中王，拜大司馬，董齊六軍，糾合同盟，掃滅凶逆。以漢中、巴、蜀、廣漢、犍為為國⑧，所署置依漢初諸侯王故典。夫權宜之制，苟利社稷，專之可也。然後功成事立，臣等退伏矯罪，雖死無恨。

❶《尚書．虞書．皋陶謨》：「敦序九族，庶明勵翼。」九族：從高祖到玄孫九輩的同族人。❷《詩經．大雅．板》篇中說：「宗子維城，無俾城壞，無獨斯畏。」意即要以同姓作為屏藩，以免孤立。❸太宗：漢文帝廟號。❹肺腑：同「肺附」，肺、附本義為木皮，用以比喻皇帝的宗室。❺河西：指甘肅河西走廊一帶。東漢初年，河西五郡與內地隔絕，酒泉太守梁統等人推張掖屬國都尉竇融為大將軍，通使於漢光武帝，共破割據隴西的軍閥隗囂。❻隴：指隗囂。蜀：指當時割據益州的公孫述。❼蕭牆：門屏。蕭牆之危，指內部的危險，即曹操篡位的危險。❽犍（qián）為：郡名，治武陽縣，在今四川彭山縣西北。

共推竇融為元帥，終於建立功績，擊破隗囂。現今國家的禍難，大於隗囂、公孫述。曹操對外吞併天下，對內殘害臣僚，朝廷有蕭牆之禍，卻未有抗禦奸臣的人，令人寒心。因此臣等依照舊制，封劉備為漢中王，任命為大司馬，整肅大軍，整合同盟，掃滅凶逆。以漢中、巴、蜀、廣漢、犍為等郡作為封國，依照漢初諸侯王的舊制設置官屬。雖然這僅是權宜的制度，但只要對國家有利，專斷也是可以的。日後功成事立，臣等退而願受假託聖旨之罪，死而無憾。

遂於沔陽設壇場①，陳兵列眾，羣臣陪位，讀奏訖，御王冠於先主。

……於是還治成都。拔魏延為都督②，鎮漢中。時關羽攻曹公將曹仁，禽于禁於樊。俄而孫權襲殺羽，取荊州。

二十五年③，魏文帝稱尊號，改年曰黃初。或傳聞漢帝見害，先主乃發喪制服，追謚曰孝愍皇帝④，是後〔在所〕〔所在〕並言眾瑞，日月相屬。……太傅許靖、安漢將軍麋竺、軍師將軍諸葛亮、太常賴恭、光祿勳〔黃權〕〔黃柱〕、

於是在沔陽設立行禮的壇場，陳列兵眾，羣臣陪位，讀完奏書之後，把王冠戴在先主頭上。

……於是回成都，以成都為王府所在地。提拔魏延為都督，鎮守漢中。此時關羽進攻曹公的大將曹仁，在樊城俘虜于禁。但不久孫權襲擊並殺死關羽，奪取了荊州。

建安二十五年，魏文帝稱帝，改年號為黃初。有人傳言漢朝皇帝已被殺害，於是先主發佈喪訊，制定喪服，追謚為孝愍皇帝。此後各地都出現了很多關於祥瑞的傳說，每天每月都不斷。……太傅許靖、

少府王謀等上言：「曹丕篡弒，湮滅漢室，竊據神器，劫迫忠良，酷烈無道，人鬼忿毒，咸思劉氏。今上無天子，海內惶惶，靡所式仰。……伏惟大王出自孝景皇帝中山靖王之胄，本支百世，乾祇降祚⑤，聖姿碩茂，神武在躬，仁覆積德，愛人好士，是以四方歸心焉。考省靈圖⑥，啟發讖緯⑦，神明之表，名諱昭著⑧。宜即帝位，以纂二祖⑨，

❶沔陽：縣名，在今陝西勉縣東。❷都督：方面軍的統帥。❸建安二十五年，即公元 220 年。❹實際上曹丕稱帝後，廢漢帝為山陽公。山陽公於魏明帝青龍二年（234）死，魏謚為獻皇帝。❺乾祇（qí）：天地神靈。乾指天，祇指地神。❻靈圖：宗教迷信者造作的所謂象徵「天意」的神秘圖畫，如「河圖」之類。❼讖（chèn）緯：讖是暗示未來的宗教隱語或預言；緯是用這類隱語或預言來解釋儒家經典的書，緯對經而言。❽名諱昭著：指讖緯書中有「天度地道備稱皇」等預言。❾二祖：西漢高祖和東漢世祖光武帝。

安漢將軍麋竺、軍師將軍諸葛亮、太常賴恭、光祿勳黃柱、少府王謀等人上表說：「曹丕篡位弒君，顛覆漢朝，竊據帝位，迫害忠良，暴虐無道，人神痛恨，都懷念劉氏。現在上無天子，全國惶惶不安，無所仰賴。……臣等以為，大王出自孝景皇帝，是中山靖王的後裔，金枝玉葉，世世相承，天地降賜福祐，聖姿奇偉善美，雄武非凡，仁義覆於天下，恩德積於四海，愛賢好士，因此四方歸仰。察看靈圖，翻開讖緯，神明顯示的種種徵兆，昭示着您的名字。您應當稱帝即位，以繼承高祖、世祖，

紹嗣昭穆[1]，天下幸甚。臣等謹與博士許慈、議郎孟光，建立禮儀，擇令辰，上尊號。」即皇帝位於成都武擔之南[2]。……

章武元年夏四月[3]，大赦，改年。以諸葛亮為丞相，許靖為司徒。置百官，立宗廟，祫祭高皇帝以下[4]。五月，立皇后吳氏，子禪為皇太子。六月，以子永為魯王，理為梁王。車騎將軍張飛為其左右所害。

初，先主忿孫權之襲關羽，將東

接續宗廟祭祀，這是天下人的大幸。臣等謹與博士許慈、議郎孟光，建立禮儀，選擇吉日，奉上尊號。」於是先主即皇帝位於成都武擔山之南。……

章武元年夏四月，大赦天下，改年號。任諸葛亮為丞相，許靖為司徒。設置百官，建立宗廟，祫祭漢高祖以下各代先祖。五月，立皇后吳氏，以兒子劉禪為皇太子。六月，封兒子劉永為魯王，劉理為梁王。車騎將軍張飛被他左右的人殺害。

起初，先主怨恨孫權襲擊關羽，將要東征，秋七月，便率領各軍伐吳。孫權派人送信請和，先主盛怒不答應。吳將陸

征，秋七月，遂帥諸軍伐吳。孫權遣書請和，先主盛怒不許。吳將陸議、李異、劉阿等屯巫、秭歸⑤。將軍吳班、馮習自巫攻破異等，軍次秭歸。武陵五谿蠻夷遣使請兵⑥。

二年春正月，先主軍（還）秭歸⑦，將軍吳班、陳式水軍屯夷陵⑧，夾江東西岸。二月，先主自秭歸率諸將進軍，

❶昭穆：古代宗法制度下，宗廟次序是始祖廟居中，以下按輩份分別排列於左右，左為昭，右為穆。❷武擔：武擔山，為成都城西北的一座土丘。❸章武元年：公元 221 年。❹祫（xiá）祭：在太廟中合祭先祖。❺陸議：即陸遜，詳見本書《陸遜傳》。巫：縣名，在今重慶巫山縣。秭歸：縣名，即今湖北秭歸。❻五谿：湖南沅水支流有雄溪、樠（mán）溪、辰溪、西溪、舞溪，總稱「五谿」。❼《華陽國志》無「還」字，是。❽夷陵：縣名，在今湖北宜昌市東南。

議、李異、劉阿等駐紮在巫縣、秭歸。漢將軍吳班、馮習從巫縣攻破李異等人，軍隊進駐秭歸。武陵郡五溪蠻夷派遣使者請求出兵。

章武二年春正月，先主駐軍於秭歸，將軍吳班、陳式的水軍屯夷陵，夾大江東西兩岸。二月，先主從秭歸率領諸將進軍，

緣山截嶺，於夷道猇亭駐營①。自佷山通武陵②，遣侍中馬良安慰五谿蠻夷，咸相率響應。鎮北將軍黃權督江北諸軍，與吳軍相拒於夷陵道。夏六月，黃氣見自秭歸十餘里中，廣數十丈。後十餘日，陸議大破先主軍於猇亭，將軍馮習、張南等皆沒。先主自猇亭還秭歸，收合離散兵，遂棄船舫，由步道還魚復③，改魚復縣曰永安。吳遣將軍李異、劉阿等踵躡先主軍，屯駐南山。秋八月，收兵還巫。司徒許靖卒。冬十月，詔丞相亮營南北郊於成都④。孫權聞先主住白帝，甚懼，遣使請和。先主許之，

緣山跨嶺，到夷道縣的猇亭紮營。派侍中馬良從佷山通武陵安撫五溪蠻夷，都相率回應。鎮北將軍黃權督率江北諸軍，與吳軍在夷陵一路相對抗。六月，有黃氣出現在秭歸一帶十餘里中，寬幾十丈。過後十多天，陸議在猇亭大破先主軍，將軍馮習、張南等人都敗亡。先主從猇亭回秭歸，收集離散的兵卒，丟棄舟船，由陸路回魚復，將魚復縣改名為永安。吳派將軍李異、劉阿等跟蹤追擊先主軍，屯駐南山。八月，先主收兵回巫縣。司徒許靖逝世。十月，下詔令丞相諸葛亮在成都營建祭祀天地的南、北郊祭壇。孫權聽說先主住在白帝城，很害怕，派遣使者求和。先主應允，派太中大夫宗瑋回報。十二月，

遣太中大夫宗瑋報命。冬十二月，漢嘉太守黃元聞先主疾不豫⑤，舉兵拒守。

三年春二月，丞相亮自成都到永安。三月，黃元進兵攻臨邛縣⑥。遣將軍陳曶討元，元軍敗，順流下江，為其親兵所縛，生致成都斬之。先主病篤，託孤於丞相亮，尚書令李嚴為副。夏四月（癸巳）〔辛巳〕⑦，先主殂于永安宮，時年六十三。

❶夷道：縣名，在今湖北宜都西北。猇（xiāo）亭：在今宜都北。❷佷（héng）山：縣名，在今湖北長陽縣西。❸魚復：縣名，在今重慶奉節縣東。❹南北郊：祭天地的場地。古代帝王於冬至日祭天於圜丘，在京城南郊；夏至日祭地於方澤，在京城北郊。❺漢嘉：郡名，治漢嘉縣，在今四川蘆山縣。❻臨邛縣：在今四川邛崍。❼癸巳：應作「辛巳」。

漢嘉太守黃元聽説先主病重，起兵抗拒朝廷，據守本郡。

章武三年二月，丞相諸葛亮從成都到永安。三月，黃元進兵攻打臨邛縣。派將軍陳曶討伐黃元，黃元兵敗，順江而下，被他的親兵捆綁，活捉到成都斬首。先主病危，託孤給丞相諸葛亮，尚書令李嚴為副。四月辛巳，先主逝世於永安宮，享年六十三歲。

亮上言於後主曰：「伏惟大行皇帝邁仁樹德①，覆燾無疆。昊天不弔，寢疾彌留，今月二十四日奄忽升遐，臣妾號咷，若喪考妣。乃顧遺詔，事惟太宗，動容損益。百寮發哀，滿三日除服，到葬期復如禮；其郡國太守、相、都尉、縣令長，三日便除服。臣亮親受敕戒，震畏神靈，不敢有違。臣請宣下奉行。」五月，梓宮自永安還成都②，謚曰昭烈皇帝。秋八月，葬惠陵③。

評曰：先主之弘毅寬厚，知人待士，蓋有高祖之風，英雄之器焉。及

諸葛亮上書後主說：「剛去世的先帝勉力修行仁德，覆育無疆。上天不善，使他久病不愈，於本月二十四日猝然逝世，臣民號啕，如喪考妣。根據他的遺詔，喪事按太宗孝文皇帝的規定辦，施行中允許作適當增損。朝廷百官舉哀號哭，滿三天便除去喪服，到了葬期再舉哀如禮；各郡國太守、相、都尉、縣令或縣長，三天便除去喪服。臣親自接受先帝敕令告誡，畏懼神靈，不敢有違。臣請求宣告臣下，照此執行。」五月，靈柩從永安運回成都，謚為昭烈皇帝。八月，葬於惠陵。

評語：先主意志堅強，心地寬厚，知人善任，虛心待士，很有漢高祖的遺

其舉國託孤於諸葛亮，而心神無貳，誠君臣之至公，古今之盛軌也。機權幹略，不逮魏武，是以基宇亦狹。然折而不撓，終不為下者，抑揆彼之量必不容己，非唯競利，且以避害云爾。

❶大行皇帝：新去世的皇帝。一去不返，故稱「大行」。邁：通「勵」，勉力。❷梓宮：皇帝的靈柩。❸惠陵：在今四川成都南郊武侯祠旁。

風、英雄的度量。當他把國家和遺孤託付給諸葛亮的時候，心志純真，的確表現了君臣之間大公無私的關係，堪稱古今的好榜樣。他臨機應變的才幹謀略比不上魏武帝，因此基業和國土也狹小。但他百折不撓，始終不屈服於魏武，大概是估計魏武的氣量必然容不下自己，這不僅是為了爭利，並且是以此避害吧。

諸葛亮傳

諸葛亮（181—234）是我國人民最熟悉、最敬仰的歷史人物之一。《三國志》的作者陳壽懷着崇敬的心情，精心為他撰寫了這篇傳。這是全書中寫得最精彩的一篇，其中記敘的「隆中對」一節和收錄的《出師表》一文，更是傳誦千古，膾炙人口。從本篇我們看到，諸葛亮的確是一個傑出的政治家。發表「隆中對」時，他只有二十七歲，但他對天下形勢是那樣瞭若指掌，分析得那樣準確精闢。他敏銳地預見到了三國鼎立的局面，並正確地提出了劉備的戰略行動計劃和後來蜀漢內政外交總方針，充分顯示了他過人的智慧和謀略。在治理蜀漢期間，他用人惟賢，實行法治，賞罰嚴明，用心公平，集思廣益，知過必改，體現了卓越的才幹和優良的作風。正因此，他把蜀漢治理得井井有條，團結安定，經濟有所發展，國力大大增強，使三國中這個最弱小的國家能夠同強大的曹魏相抗衡。諸葛亮還是一個傑出的軍事家，尤其擅長於治軍，就連他的對手司馬懿也驚歎他是「天下奇才」。

本篇在充分肯定諸葛亮的功績的同時，也實事求是地寫了他的失誤和弱點，在篇末的評論中指出：「應變將略，非其所長。」這個看法是符合實際的，在這方面諸葛亮比之曹操，確是略遜一籌。他多次北伐沒能取得很大成功，這也是一個原因，當然，更主要的是由於客觀歷史條件的限制。

諸葛亮字孔明，琅邪陽都人也①，漢司隸校尉諸葛豐後也②。父珪，字君貢，漢末為太山郡丞。亮早孤，從父玄為袁術所署豫章太守，玄將亮及亮弟均之官。會漢朝更選朱皓代玄，玄素與荊州牧劉表有舊，往依之。玄卒，亮躬耕隴畝，好為《梁父吟》③。身長八尺④，每自比於管仲、樂毅⑤，時人莫之許也，惟博陵崔州平、潁川徐庶元直與亮友善⑥，謂為信然。

時先主屯新野，徐庶見先主，先主器之，謂先主曰：「諸葛孔明者，臥龍

諸葛亮字孔明，琅邪國陽都縣人，是漢朝司隸校尉諸葛豐的後代。父名珪，字君貢，漢末任泰山郡丞。諸葛亮很早就死了父親，叔父諸葛玄是袁術所任命的豫章太守，諸葛玄帶着諸葛亮和他的弟弟諸葛均上任。適逢漢朝另派朱皓代替諸葛玄，諸葛玄平時與荊州牧劉表有交情，便前去投靠他。諸葛玄死後，諸葛亮在鄉間親身耕種田地，喜歡吟唱《梁父吟》。身高八尺，經常把自己同管仲、樂毅相比，當時人都不贊同，只有博陵崔州平、潁川徐庶與諸葛亮是好朋友，認為確實如此。

當時先主屯兵於新野。徐庶面見先主，先主很器重他，他對先主說：「諸葛

也⑦，將軍豈願見之乎？」先主曰：「君與俱來。」庶曰：「此人可就見，不可屈致也，將軍宜枉駕顧之。」由是先主遂詣亮，凡三往，乃見。因屏人曰：「漢室傾頹，姦臣竊命，主上蒙塵。孤不度德量力，欲信大義於天下⑧，而智術淺短，遂用猖（獗）（蹶），至于今日。然志猶未已，君謂計將安出？」亮答曰：「自董卓已來，豪傑並起，跨州連郡者不可勝數。曹操比於袁紹，則名微而眾寡，

❶陽都：縣名，在今山東沂南縣南。❷諸葛豐：西漢人，《漢書》有傳。❸《梁父吟》：古樂府名。❹漢代八尺，約等於今 1.84 米。❺管仲：春秋時人，輔佐齊桓公建立霸業。樂毅：戰國時人，輔佐燕昭王，曾統率燕、趙、韓、魏、楚五國聯軍伐齊，攻下齊國七十餘城。❻徐庶：字元直。❼臥龍：比喻隱居的俊傑。❽信：同「伸」。

孔明這人，是臥龍，將軍願意見他嗎？」先主說：「您同他一起來吧。」徐庶說：「此人只能登門求見，不可委屈招來。將軍應該屈駕去拜訪他。」於是先主到諸葛亮家去拜訪，共去了三次，方才見到。他把左右人叫開，對諸葛亮說：「漢朝搖搖欲墜，奸臣竊取皇權，主上流離失所。我不自量力，想要伸張大義於天下，而才智低下，因此屢遭挫折，直至今日這個地步。但我的志向並沒有放棄，您說我該怎麼辦？」諸葛亮回答說：「從董卓以來，豪傑並起，佔據數州、兼有諸郡的人不可勝數。曹操比起袁紹來，則名聲低微，人馬也少，

然操遂能克紹，以弱為強者，非惟天時，抑亦人謀也。今操已擁百萬之眾，挾天子而令諸侯，此誠不可與爭鋒。孫權據有江東，已歷三世，國險而民附，賢能為之用，此可以為援而不可圖也。荊州北據漢沔①，利盡南海，東連吳會②，西通巴蜀，此用武之國，而其主不能守，此殆天所以資將軍，將軍豈有意乎？益州險塞，沃野千里，天府之土，高祖因之以成帝業。劉璋闇弱，張魯在北，民殷國富而不知存恤，智能之士思得明君。軍既帝室之胄，信義著於四海，總攬英雄，思賢若渴。若跨有荊、

但他竟能打敗袁紹，轉弱為強，這不僅因為天時有利，也是由於謀略高強。現今曹操已擁有百萬軍隊，挾持天子以號令諸侯，您的確不可同他對抗。孫權據有江東，已經歷三代，地勢險要，人民擁護，還有不少有德有才的人為他所用，對於這一方，您也只能結為同盟，互相援助，而不可圖謀奪取。荊州北邊憑據漢水、沔水，南面擁有直達南海這一廣大地區的豐盛財富，東邊與吳郡、會稽郡相連，西面與巴、蜀相通。這是一塊用兵之地，而它的主人守不住，這大概是上天用來資助將軍的，將軍是否有意？益州險要閉塞，沃野千里，是天府之國，高祖憑藉它而完成帝業。但劉璋昏庸懦弱，北邊又有張魯的威脅，人口眾多、國家富庶而不知愛撫

益，保其巖阻，西和諸戎，南撫夷越，外結好孫權，內脩政理；天下有變，則命一上將將荊州之軍以向宛、洛，將軍身率益州之眾出於秦川③，百姓孰敢不簞食壺漿以迎將軍者乎④！誠如是，則霸業可成，漢室可興矣。」先主曰：「善！」於是與亮情好日密。關羽、張飛等不悅，先主解之曰：「孤之有孔明，猶魚之有水也，願諸君勿復言。」羽、飛乃止。

❶ 漢沔：漢水中段又稱沔水，故合稱「漢沔」。❷ 吳會（guì）：吳郡、會稽郡。泛指今江浙一帶。❸ 秦川：關中平原。❹ 簞：一種圓形竹籃。《孟子．梁惠王》：「簞（dān）食（sì）壺漿，以迎王師。」

體恤，因此當地有才智的人士想要得到英明的領袖。將軍既是皇室後裔，信義著稱於天下，收攬英雄，思賢如渴。若佔有荊、益二州，憑險阻以據守，西邊結和諸戎，南邊安撫夷越，對外交好孫權，對內修明政治；一旦天下形勢有變，就派一名大將率領荊州的軍隊向宛縣、洛陽進軍，同時您親自率領益州的部隊打到關中，百姓誰敢不用竹籃盛着食物、用壺裝着酒漿來歡迎您呢？要真像這樣，霸業就可完成，漢朝就可以復興了。」先主說：「好！」於是與諸葛亮的友情日益親密。關羽、張飛等人不高興，先主解釋說：「我得到孔明，就像魚得到水一樣，希望你們不要再說了。」關羽、張飛這才作罷。

劉表長子琦亦深器亮。表受後妻之言，愛少子琮，不悅於琦。琦每欲與亮謀自安之術，亮輒拒塞，未與處畫。琦乃將亮游觀後園，共上高樓。飲宴之間，令人去梯，因謂亮曰：「今日上不至天，下不至地，言出子口，入於吾耳，可以言未？」亮答曰：「君不見申生在內而危，重耳在外而安乎①？」琦意感悟，陰規出計。會黃祖死②，得出，遂為江夏太守。俄而表卒，琮聞曹公來征，遣使請降。先主在樊聞之，率其眾南行，亮與徐庶並從，為曹公所追破，獲庶母。庶辭先主而指其心曰：

劉表的長子劉琦也很器重諸葛亮。劉表聽信後妻的話，愛幼子劉琮，不喜歡劉琦。劉琦常想同諸葛亮商量保護自己安全的辦法，諸葛亮總是推託，沒有替他謀劃。劉琦就帶諸葛亮遊賞後園，共上高樓。宴飲之間，叫人撤去梯子，然後對諸葛亮說：「現在上不沾天，下不着地，話出自您的嘴巴，進入我的耳朵，這下可以說了吧？」諸葛亮回答說：「您不見申生在內而危險，重耳在外而安全嗎？」劉琦恍然大悟，於是暗裏謀劃出去的辦法。適逢江夏太守黃祖死，於是得以外出繼任江夏太守。不久劉表死，劉琮聽說曹公來征討，派遣使者請求投降。先主在樊城聽說後，率領部屬南行，諸葛亮與徐庶都

「本欲與將軍共圖王霸之業者，以此方寸之地也③。今已失老母，方寸亂矣，無益於事，請從此別。」遂詣曹公④。

先主至於夏口⑤，亮曰：「事急矣，請奉命求救於孫將軍。」時權擁軍在柴桑⑥，觀望成敗。亮說權曰：「海內大亂，將軍起兵據有江東，劉豫州亦收眾漢南，與曹操並爭天下。今操芟夷大難，略已平矣，遂破荊州，威震四海。

❶中生、重耳都是春秋時晉獻公的兒子。中生為太子，被獻公的寵妃驪姬所陷害。有人勸中生出逃，中生不肯，遂自殺。重耳聽說後，流亡他國。後返國立為君，即晉文公。❷黃祖：劉表部下將軍，任江夏太守。❸方寸之地：指心。❹徐庶後來在曹魏，官至右中郎將、御史中丞。❺夏口：今漢口。❻柴桑：縣名，在今江西九江市西南。

隨從，被曹公追上打敗，捉住了徐庶的母親。徐庶辭別先主，指着自己的心說：「本來想與將軍一起圖謀建立王霸之業的，就是這方寸之地。現在失去老母，方寸已亂，我對您的大事已沒有甚麼益處，請讓我從此分別。」就到曹公那裏去了。

先主到了夏口，諸葛亮說：「情況很危急了，請派我去向孫將軍求救。」當時孫權統率軍隊駐在柴桑，觀望成敗。諸葛亮對孫權說：「天下大亂，將軍起兵佔有江東，劉豫州也聚眾於荊州，與曹操共爭天下。現今曹操削除大敵，大致已經平定了，進而攻破荊州，威震四海。

英雄無所用武，故豫州遁逃至此。將軍量力而處之：若能以吳越之眾與中國抗衡，不如早與之絕；若不能當，何不案兵束甲，北面而事之？今將軍外託服從之名，而內懷猶豫之計，事急而不斷，禍至無日矣！」權曰：「苟如君言，劉豫州何不遂事之乎？」亮曰：「田橫①，齊之壯士耳，猶守義不辱，況劉豫州王室之胄，英才蓋世，眾士慕仰，若水之歸海，若事之不濟，此乃天也，安能復為之下乎？」權勃然曰：「吾不能舉全吳之地，十萬之眾，受制於人。吾計決矣！非劉豫州莫可以當曹操者，然豫州新敗

英雄無用武之地，所以劉豫州逃到這裏。請您衡量自己的力量然後作出處置：如果您能以吳、越的軍隊與曹操抗衡，不如早同他斷絕關係；如果敵不過他，何不放下武器，束起鎧甲，臣服於他？現在您表面假稱服從於他，其實內心猶豫不決，事急而不斷，大禍就要臨頭了！」孫權說：「若真像您說的，劉豫州為甚麼不投降他呢？」諸葛亮說：「田橫，不過是齊國的一個壯士罷了，尚且堅守節操，不甘屈辱，何況劉豫州是王室後裔，英才蓋世，眾士仰慕有如百川歸海。如果事情不能成功，這是天意，怎能屈服於曹操呢？」孫權激動地說：「我不能把整個吳越之地，十萬之眾，去受人控制。我的主意已經

之後，安能抗此難乎？」亮曰：「豫州軍雖敗於長阪，今戰士還者及關羽水軍精甲萬人，劉琦合江夏戰士亦不下萬人。曹操之眾遠來疲弊，聞追豫州，輕騎一日一夜行三百餘里，此所謂『強弩之末，勢不能穿魯縞』者也②。故兵法忌之，曰『必蹶上將軍』③。且北方之人，不習水戰；又荊州之民附操者，逼兵勢耳，非心服也。今將軍誠能命猛將統兵數萬，與豫州協規同力，破操軍必矣。操軍破，

❶田橫：戰國末年齊國的宗室，楚漢戰爭時，曾自立為齊王。漢朝建立後，田橫率領徒屬五百人逃入海島中。漢高祖召他來投降，他不願向劉邦北面稱臣，遂在路上自殺，從屬五百人也都自殺。❷魯縞：山東曲阜出產的素絹。❸《孫子．軍事篇》說：「五十里而爭利，則蹶上將軍。」意即急速行軍，日行五十里，則先頭部隊的將領容易被挫敗。

打定了！除了劉豫州再無可以抵擋曹操的人了，但他最近剛剛失敗，怎能抵抗這個強敵？」諸葛亮說：「劉豫州的軍隊雖然在長阪戰敗，現在回來的戰士和關羽的水軍，共有精銳的甲士萬人，劉琦集合江夏戰士也不少於萬人。曹操的人馬遠來疲累，聽說為了追劉豫州，輕騎一天一夜跑三百多里，此即所謂『強弩之末，穿不透魯國的白絹』。因此兵法是禁忌這樣做的，說『必然使前軍將領被挫敗』。況且北方的人，不熟習水戰；荊州的百姓歸附曹操，也只是迫於軍威罷了，並非心服。現在您如果能命令猛將統兵數萬，與劉豫州協調作戰計畫，齊心合力，打敗曹操軍是必然的。曹操兵敗，

必北還，如此則荊、吳之勢強，鼎足之形成矣。成敗之機，在於今日。」權大悅，即遣周瑜、程普、魯肅等水軍三萬，隨亮詣先主，并力拒曹公。曹公敗於赤壁，引軍歸鄴。先主遂收江南，以亮為軍師中郎將①，使督零陵、桂陽、長沙三郡，調其賦稅，以充軍實。

建安十六年，益州牧劉璋遣法正迎先主，使擊張魯，亮與關羽鎮荊州。先主自葭萌還攻璋，亮與張飛、趙雲等率眾泝江，分定郡縣，與先主共圍成都。成都平，以亮為軍師將軍，署左將軍府

必然退回北方，這樣一來，荊州和吳的力量強大，鼎足而三的局勢就形成了。成敗的關鍵，就在於今日。」孫權非常高興，當即派周瑜、程普、魯肅等水軍三萬人，隨諸葛亮去與先主會合，合力抵抗曹公。曹公於赤壁戰敗，帶領軍隊回鄴。先主收取江南，任諸葛亮為軍師中郎將，使他督率零陵、桂陽、長沙三郡軍隊，徵調賦稅，以補充軍用。

建安十六年，益州牧劉璋派法正迎接先主，命他去打張魯，諸葛亮與關羽鎮守荊州。先主從葭萌回攻劉璋，諸葛亮與張飛、趙雲等率眾溯江而上，分別攻下各郡縣，與先主共圍成都。成都平定後，先

事②。先主外出，亮常鎮守成都，足食足兵。

二十六年，羣下勸先主稱尊號，先主未許，亮說曰：「昔吳漢、耿弇等初勸世祖即帝位③，世祖辭讓，前後數四。耿純進言曰④：『天下英雄喁喁⑤，冀有所望，如不從議者，士大夫各歸求主，無為從公也。』世祖感純言深至，遂然諾之。今曹氏篡漢，天下無主，

❶軍師中郎將：軍官名。參與軍謀，並有兵權。中郎將級別次於將軍。❷署：署理，即代行。左將軍：即劉備。❸吳漢、耿弇（yǎn）：劉秀部下大將。世祖：即漢光武帝劉秀。❹耿純：也是劉秀的部將。❺喁喁（yóng）：形容魚口向上，露出水面的樣子。用以比喻景仰歸向。

主任命諸葛亮為軍師將軍，署理左將軍府事。先主外出時，諸葛亮常常鎮守成都，糧食兵馬充足。

建安二十六年，僚屬們勸先主稱皇帝，先主沒有同意。諸葛亮說：「從前吳漢、耿弇等人起初勸世祖即帝位，世祖推讓，前後三四次。耿純勸告說：『天下英雄景仰歸附於您，是懷着攀龍附鳳的希望；如果您不聽從大家的意見，士大夫們各自回去另找主人，就無需再追隨您了。』世祖被耿純深切誠摯的話所感動，就答應了。現今曹氏篡漢，天下無主，

大王劉氏苗族①，紹世而起，今即帝位，乃其宜也。士大夫隨大王久勤苦者，亦欲望尺寸之功如純言耳。」先主於是即帝位，策亮為丞相②，曰：「朕遭家不造，奉承大統，兢兢業業，不敢康寧，思靖百姓，懼未能綏。於戲③！丞相亮，其悉朕意，無怠輔朕之闕，助宣重光，以照明天下。君其勖哉！」亮以丞相錄尚書事，假節④。張飛卒後，領司隸校尉。

章武三年春，先主於永安病篤，召亮於成都，屬以後事，謂亮曰：「君才十倍曹丕，必能安國，終定大事。若嗣

大王是劉氏後裔，繼世而起，現在即帝位，是適宜的。士大夫跟隨大王長期勤勞困苦，也是希望能有尺寸的功勞像耿純說的那樣。」先主於是即帝位，冊命諸葛亮為丞相，冊文說：「朕遭遇國家不幸，繼承大位，兢兢業業，不敢安逸，想要安定百姓，猶恐天下不安。啊！丞相亮，希望你明白朕的心意，不要懈怠，以匡正朕的過失，幫助朕使日月重光，以照耀天下。您要努力啊！」諸葛亮以丞相總錄尚書事，假節。張飛死後，諸葛亮又兼司隸校尉。

章武三年春，先主在永安病危，把諸葛亮從成都召往，將後事託付給他，對他

子可輔，輔之；如其不才，君可自取。」亮涕泣曰：「臣敢竭股肱之力，效忠貞之節，繼之以死！」先主又為詔敕後主曰：「汝與丞相從事，事之如父。」

建興元年⑤，封亮武鄉侯⑥，開府治事。頃之，又領益州牧。政事無巨細，咸決於亮。南中諸郡並皆叛亂⑦，亮以新遭大喪，故未便加兵，且遣使聘吳，

❶苗：苗裔，後代。❷策：策命。封建時代皇帝立皇后、太子，封王，任命重臣，把詔書寫在簡策上，稱為策命。「策」也寫作「冊」。❸於戲：與「嗚呼」同。❹錄尚書事、假節：見本書《武帝紀》P23注❹和❺。❺建興：後主即位後所改年號，建興元年實即章武三年（223年）。❻武鄉：縣名，西漢屬瑯邪郡，東漢時撤消，大概漢末復置。諸葛亮為瑯邪人，故以本土遙封。❼南中：當時稱今雲南、貴州及四川涼山彝族自治州一帶為「南中」。

說：「你的才能十倍於曹丕，必能安定國家，最終完成大業。如果太子值得輔助，你就輔佐他；如果他不成材，你可以取而代之。」諸葛亮流淚說：「臣願竭盡全力輔佐少主，報效忠貞之節，最後獻出我的生命！」先主又作詔書敕令後主說：「你跟隨丞相一起治理國事，對他要像對待父親那樣。」

建興元年，後主封諸葛亮為武鄉侯，開建丞相府，設置官屬，以處理政事。不久，又兼益州牧。政事不論大小，都取決於諸葛亮。南中幾個郡同時起來叛亂，諸葛亮因為新遭國喪，所以還不便發兵征討，而是先遣使訪問吳國，

因結和親，遂為與國。

三年春，亮率眾南征，其秋悉平。軍資所出，國以富饒。乃治戎講武，以俟大舉。

五年，率諸軍北駐漢中。臨發，上疏曰：

先帝創業未半而中道崩殂，今天下三分，益州疲弊，此誠危急存亡之秋也。然侍衛之臣不懈於內，忠志之士忘身於外者，蓋追先帝之殊遇，欲報之於

並締結和親，於是蜀與吳成為盟國。

三年春，諸葛亮率軍南征，這年秋天平定了全部叛亂。大量軍用物資都由南中供給，國家因而富饒。於是練兵講武，準備大舉北伐。

五年，率諸軍北駐漢中。出發之前上表說：

先帝創業還沒有完成一半，就中途去世了。現今天下分為三方，而益州國力困弊，這真是危急存亡的時刻啊。然而侍衛的臣僚在內勤勞不懈，忠心的將士在外捨死忘身，這是因為他們追念先帝的特殊恩

陛下也。誠宜開張聖〔德〕〔聽〕，以光先帝遺德，恢弘志士之氣，不宜妄自菲薄，引喻失義，以塞忠諫之路也。宮中府中，俱為一體，陟罰臧否，不宜異同。若有作姦犯科及為忠善者，宜付有司論其刑賞，以昭陛下平明之理，不宜偏私，使內外異法也。侍中、侍郎郭攸之、費禕、董允等①，此皆良實，志慮忠純，是以先帝簡拔以遺陛下。愚以為宮中之事，事無大小，悉以咨之，然後施行，必能裨補闕漏，有所廣益。

❶ 侍郎：即黃門侍郎，掌侍從皇帝，傳達詔令。郭攸之、費禕（yī）為侍中，董允為侍郎。

遇，想在您的身上進行報答啊。您應該廣泛聽取臣下意見，以發揚光大先帝遺下的美德，增強志士的勇氣，不應妄自菲薄，援引不恰當的譬喻，以堵塞忠言進諫之路。宮禁中的侍衛、各府署的臣僚都是一個整體，賞罰褒貶，不應有所不同。如有作惡犯法的人，或行為忠善的人，都應該交給主管官吏評定對他們的懲獎，以顯示陛下處理國事的公正嚴明，不應有所偏愛，使宮內宮外執法不同。侍中郭攸之、費禕、侍郎董允等人，都是善良誠實、心志忠貞純潔的人，因此先帝選拔他們留給陛下。我認為宮中的事，無論大小，都去諮詢他們，然後施行，必能彌補缺失，集思廣益。

將軍向寵，性行淑均，曉暢軍事，試用於昔日，先帝稱之曰能，是以眾議舉寵為督①。愚以為營中之事，悉以咨之，必能使行陳和睦，優劣得所。親賢臣，遠小人，此先漢所以興隆也；親小人，遠賢臣，此後漢所以傾頹也。先帝在時，每與臣論此事，未嘗不歎息痛恨於桓、靈也②。侍中、尚書、長史、參軍③，此悉貞良死節之臣，願陛下親之信之，則漢室之隆，可計日而待也。

臣本布衣，躬耕於南陽，苟全性命於亂世，不求聞達於諸侯。先帝不以臣

將軍向寵心性品德善良平和，又通曉軍事，過去經過試用，先帝稱讚他很有才能，因此眾人商議推舉他為中部督。我認為禁軍營中的事都去諮問於他，必能使軍隊和睦，不同才能的人各得其所。親近賢臣，疏遠小人，這是前漢所以興盛的原因；親近小人，疏遠賢臣，這是後漢所以衰敗的原因。先帝在時，每次與臣談論此事，未嘗不歎息而痛恨桓帝、靈帝時期的腐敗。侍中、尚書、長史、參軍，這些人都是忠貞善良、守節不渝的大臣，希望陛下親近他們，信任他們，那麼漢朝的復興，就指日可待了。

我本是平民，在南陽親自耕田，只

卑鄙，猥自枉屈，三顧臣於草廬之中，諮臣以當世之事，由是感激，遂許先帝以驅馳。後值傾覆，受任於敗軍之際，奉命於危難之間，爾來二十有一年矣④。先帝知臣謹慎，故臨崩寄臣以大事也。受命以來，夙夜憂歎，恐託付不效，以傷先帝之明，故五月渡瀘⑤，深入不毛。今南方已定，兵甲已足，當獎率三軍，北定中原，庶竭駑鈍，攘除姦凶，

❶督：指中部督，禁軍統領。❷桓、靈：漢桓帝劉志（公元 146—167 年在位）、漢靈帝劉宏（公元 168—189 年在位）。桓、靈之時，政治腐敗，漢朝進一步衰落。❸尚書：指陳震。長史：指丞相留府長史張裔。參軍：指丞相參軍蔣琬。❹二十一年：漢獻帝建安十二年（207）劉備始遇諸葛亮，至後主建興五年（227），共二十一年。❺瀘：瀘水，即今金沙江。諸葛亮南征，從今天的四川西昌往南渡過金沙江入雲南境。

想在亂世裏苟全性命，不求在諸侯間揚名顯身。先帝不因為我卑微鄙陋，而委屈自己，三次到草廬之中拜訪我，向我詢問天下大事，由此使我感動奮發，而同意為先帝奔走效勞。後來遭遇失敗，我在軍事失利之際接受任命，形勢危急之時奉命出使，從這以來二十一年了。先帝知道我謹慎，所以臨終把國家大事託付給我。接受遺命以來，日夜憂慮歎息，惟恐託付的事不能完成，有損先帝的英明，因此五月渡瀘水南征，深入不毛之地。現在南方已經平定，兵甲已經充足，我應當勉勵並統率三軍，北定中原，以竭盡我拙劣的能力，掃除奸邪，

興復漢室，還于舊都。此臣所以報先帝，而忠陛下之職分也。

至於斟酌損益，進盡忠言，則攸之、禕、允之任也。願陛下託臣以討賊興復之效；不效，則治臣之罪，以告先帝之靈。〔若無興德之言，則〕責攸之、禕、允等之慢，以彰其咎。陛下亦宜自謀，以諮諏善道，察納雅言，深追先帝遺詔。臣不勝受恩感激。今當遠離，臨表涕零，不知所言。

遂行，屯于沔陽。

興復漢室，返還舊都。這是我用來報答先帝、盡忠陛下的職責。

至於處理日常政事，決定取捨損益，並毫無保留地貢獻忠言，那是郭攸之、費禕、董允等人的責任。希望陛下把討伐奸賊、興復漢室的任務交給我去完成；若不能完成，就治我的罪，以告慰先帝的英靈。如果不能進獻增進聖德的忠言，那就責備郭攸之、費禕、董允等人的怠慢，以表明他們的過失。陛下也應當謀求自強，徵詢臣下的好意見，考察並採納正確的言論，深思先帝的遺詔。臣蒙受大恩，不勝感激，現在即將遠行，一邊寫表，一邊流淚，真不知該説些甚麼。

六年春，揚聲由斜谷道取郿①，使趙雲、鄧芝為疑軍，據箕谷②，魏大將軍曹真舉眾拒之。亮身率諸軍攻祁山③，戎陳整齊，賞罰肅而號令明。南安、天水、安定三郡叛魏應亮④，關中響震。魏明帝西鎮長安，命張郃拒亮，亮使馬謖督諸軍在前⑤，與郃戰于街亭⑥。謖違亮節度，舉動失宜，大為郃所破。亮拔西縣千餘家⑦，還于漢中，戮謖以謝眾。上疏曰：「臣以弱才，叨竊非據，

❶ 郿：縣名，在今陝西眉縣東北。❷ 箕谷：在今陝西勉縣褒獂城鎮北。❸ 祁山：在今甘肅禮縣東，為隴西軍事要地。❹ 南安：郡名，治獂（huán）道縣，在今甘肅隴西縣東南渭水東岸。天水：郡名，治冀縣，在今甘肅甘谷縣東。❺ 馬謖：當時任參軍。《三國志．蜀書．馬良傳》後附有小傳。❻ 街亭：在今甘肅莊浪縣東南。❼ 西縣：在今甘肅天水市西南。

於是北行，駐營於沔陽。

建興六年春，揚言由斜谷道攻取郿縣，命趙雲、鄧芝作疑兵，佔據箕谷，魏大將軍曹真領兵抵禦。諸葛亮親率各軍攻祁山，隊伍整齊，賞罰嚴而號令明。南安、天水、安定三郡反叛魏國回應諸葛亮，關中震動。魏明帝親自西鎮長安，派張郃抵禦諸葛亮。諸葛亮命馬謖在前面統率各軍，與張郃戰於街亭。馬謖違背諸葛亮的部署，行動不當，被張郃打得大敗。諸葛亮撤出西縣的一千多戶人家，回到漢中，殺了馬謖向將士謝罪。上疏說：「我以低劣的才能，竊據丞相的高位，

親秉旄鉞，以厲三軍，不能訓章明法，臨事而懼，至有街亭違命之闕，箕谷不戒之失，咎皆在臣授任無方。臣明不知人，恤事多闇，《春秋》責帥，臣職是當。請自貶三等，以督厥咎。」於是以亮為右將軍，行丞相事，所總統如前。

冬，亮復出散關，圍陳倉，曹真拒之，亮糧盡而還。魏將王雙率騎追亮，亮與戰，破之，斬雙。

七年，亮遣陳式攻武都、陰平，魏雍州刺史郭淮率眾欲擊式，亮自出至建

親執白旄黃鉞以激勵三軍，卻不能訓示規章，申明法度，遇事不敢決斷，以至有街亭違背指揮的錯誤，箕谷不作戒備的過失，過錯都在於我任人不當。我缺乏知人之明，料事每多暗昧，根據《春秋》之義，兵敗則責備主帥，因此我應負主要責任。請讓我自貶三級，以懲罰我的過失。」於是降為右將軍，代行丞相職務，依舊總統政事。

這年冬天，諸葛亮又出兵散關，包圍陳倉，遇曹真抵禦，糧盡而返。魏將王雙率領騎兵追擊，諸葛亮同他交戰，打敗魏軍，殺死王雙。

建興七年，諸葛亮派遣陳式進攻武

威①，淮退還，遂平二郡。詔策亮曰：「街亭之役，咎由馬謖，而君引愆，深自貶抑，重違君意，聽順所守。前年耀師，馘斬王雙；今歲爰征，郭淮遁走；降集氐、羌，興復二郡，威鎮凶暴，功勳顯然。方今天下騷擾，元惡未梟，君受大任，幹國之重，而久自挹損，非所以光揚洪烈矣。今復君丞相，君其勿辭。」

九年，亮復出祁山，以木牛運，糧盡退軍，與魏將張郃交戰，射殺郃。

❶ 建威：城名，在今甘肅西和縣南。

都、陰平二郡。魏雍州刺史郭淮率軍想攻擊陳式，諸葛亮親自出兵到建威，郭淮退回，從而平定了這兩個郡。後主下詔書給諸葛亮說：「街亭之戰，罪在馬謖，而您承擔過失，深自貶責，我不好違背您的心意，聽從了您堅持的要求。您去年出師，斬殺王雙，今歲出征，郭淮逃走，收降氐羌，恢復二郡，威鎮暴敵，功勳顯然。方今天下擾攘，首惡未除，您接受重任，主持國家大事，而長久謙退，這不足以顯揚大功。現在恢復您的丞相職務，望您不要推辭。」

建興九年，諸葛亮再出祁山，用木牛運輸。糧盡退兵，與魏將張郃交戰，射死張郃。

十二年春，亮悉大眾由斜谷出，以流馬運，據武功五丈原①，與司馬宣王對於渭南②。亮每患糧不繼，使己志不申，是以分兵屯田，為久駐之基。耕者雜於渭濱居民之間，而百姓安堵，軍無私焉。相持百餘日。其年八月，亮疾病，卒于軍，時年五十四。及軍退，宣王案行其營壘處所，曰：「天下奇才也！」

亮遺命葬漢中定軍山，因山為墳，冢足容棺，斂以時服，不須器物。詔策曰：「惟君體資文武，明叡篤誠，受遺託孤，匡輔朕躬，繼絕興微，志存靖亂。

建興十二年春天，諸葛亮統率全部大軍，由斜谷開出，用流馬運輸，佔據武功縣五丈原，與司馬宣王在渭水之南對壘。諸葛亮經常擔憂軍糧供應不上，使自己的大志不能實現，因此分兵屯田，為長期駐兵打下基礎。耕墾的蜀兵摻雜在渭水濱的居民之間，而百姓安居，軍隊從不擾民以利己。就這樣相持了一百多天。這年八月，諸葛亮病重，死在軍中，當時五十四歲。軍退之後，宣王仔細觀察他安營築壘的處所，說：「真是天下奇才！」

根據諸葛亮的遺命，他被安葬在漢中定軍山，因山作墳，墓坑剛夠容納棺材，以平時所穿的衣服入殮，不須陪葬器物。

爰整六師，無歲不征，神武赫然，威鎮八荒，將建殊功於季漢，參伊、周之巨勳③。如何不弔，事臨垂克，遘疾隕喪！朕用傷悼，肝心若裂。夫崇德序功，紀行命謚，所以光昭將來，刊載不朽。今使使持節左中郎將杜瓊，贈君丞相、武鄉侯印綬，謚君為忠武侯。魂而有靈，嘉茲寵榮。嗚呼哀哉！嗚呼哀哉！」

❶武功：縣名，在今陝西武功縣西南。五丈原：今屬岐山縣，在斜谷口西側。❷司馬宣王：即司馬懿。魏元帝時，其子司馬昭封晉王，追封司馬懿為宣王。❸伊、周：伊尹、周公旦。伊尹輔佐商湯，周公輔佐周武王、成王，皆為古代名相。

後主下詔說：「君稟受文武的資性，明智誠實，接受託孤的遺詔，輔佐朕身，繼承滅亡的漢室，振興微弱的蜀國，一心在於平定禍亂。因此統帥三軍，無歲不征，武功赫赫，威鎮八方，將在漢末建立足以媲美伊尹、周公的巨大功勳。為何如此不幸，大事垂成，您卻患病去世！我因此無比哀傷，心肝若裂。尊崇道德，敍錄功勳，記述行跡，給予謚號，這是為了光耀將來，記載不朽。現派遣使持節、左中郎將杜瓊贈給您丞相、武鄉侯印綬，追謚您為忠武侯。您的在天之靈，定會讚美這恩寵光榮。嗚呼哀哉！嗚呼哀哉！」

初，亮自表後主曰：「成都有桑八百株，薄田十五頃，子弟衣食，自有餘饒。至於臣在外任，無別調度，隨身衣食，悉仰於官，不別治生，以長尺寸。若臣死之日，不使內有餘帛，外有贏財，以負陛下。」及卒，如其所言。

亮性長於巧思，損益連弩①，木牛流馬②，皆出其意；推演兵法，作八陳圖③，咸得其要云。亮言教書奏多可觀，別為一集。

景耀六年春④，詔為亮立廟於沔陽。

起初，諸葛亮自己上表給後主說：「我在成都有八百株桑樹、十五頃薄田，子弟衣食，自有富餘。至於我在外任官，沒有別的用度，隨身衣食，都仰賴公家，不另外經營產業，以增加絲毫財富。到了我死的那一天，不使內有剩餘的絹帛，外有贏餘的錢財，以免辜負陛下。」他去世之後，果真如他所說的那樣。

諸葛亮擅長於巧妙構思，改進連弩，製作木牛流馬，都出於他的想法；又推演兵法，作八陣圖，都深得兵法的要領。諸葛亮的言論、教令、書札、奏章多可誦讀，另外輯為一集。

秋，魏鎮西將軍鍾會征蜀，至漢川，祭亮之廟，令軍士不得於亮墓所左右芻牧樵採。

亮弟均，官至長水校尉[5]。亮子瞻，嗣爵。

評曰：諸葛亮之為相國也，撫百姓，示儀軌，約官職，從權制，開誠心，布公道。盡忠益時者雖讎必賞，

❶ 連弩：一種可以連發的弓弩，經諸葛亮改進，可以十矢俱發。❷ 木牛流馬：是兩種適用於山地運輸的工具，今人多認為是獨輪車之類。❸ 八陣（zhèn）圖：一種陣法，已失傳。❹ 景耀：蜀漢後主劉禪年號。景耀六年，公元 263 年。❺ 長水校尉：禁衛軍軍官之一。

景耀六年春，後主下詔為諸葛亮在沔陽立廟。秋，魏鎮西將軍鍾會征蜀，到漢中，祭祀諸葛亮的祠廟，還命令軍士不得於諸葛亮墓地左右放牧牲畜、割草打柴。

諸葛亮之弟諸葛均，官至長水校尉。諸葛亮之子諸葛瞻，繼承爵位。

評語：諸葛亮做丞相的時候，安撫百姓，明示法度，精簡官職，因時制宜，以誠待人，秉公辦事。竭盡忠心，有益於世的人雖仇必賞；

犯法怠慢者雖親必罰；服罪輸情者雖重必釋，游辭巧飾者雖輕必戮；善無微而不賞，惡無纖而不貶。庶事精練，物理其本，循名責實，虛偽不齒。終於邦域之內，咸畏而愛之，刑政雖峻而無怨者，以其用心平而勸戒明也。可謂識治之良才，管、蕭之亞匹矣。然連年動眾，未能成功，蓋應變將略，非其所長歟！

違犯法令、怠慢職事的人雖親必罰；認罪服罪，說老實話的人，罪雖重也必予寬釋；花言巧語、掩飾罪過的人，罪雖輕也必加嚴懲；善再小也無不獎賞，惡再細也無不貶斥。處理事務精明練達，對待萬物必治其本；循名責實，鄙棄虛偽。全國的人都既畏懼他而又愛戴他，刑法政令雖然嚴峻，卻沒人怨恨，這是由於他用心公平而且勸戒分明。真可說是精通政治的良才，可以同管仲、蕭何匹敵了。不過連年興師動眾，未能成功，大概隨機應變的軍事謀略不是他的特長吧！

關羽傳

關羽（俗稱關公）的形象，在我國可謂婦孺皆知。但歷史上的關羽究竟是怎樣的一個人？可以讀一讀這篇傳。從傳中我們可以看到，關羽確是一員勇猛非凡的虎將，但他也只不過是個有勇無謀的武夫。他缺乏政治頭腦，不懂得聯吳抗曹的重要性，拒絕孫權的聯姻。他驕傲自大，目空一世，不能搞好與其他將領的關係，以致麋芳、士仁的叛變；他顧頭不顧尾，被呂蒙、陸遜所麻痹，撤除後方的守備（參看本書《陸遜傳》）。結果是丟了腦袋，失了荊州，給蜀漢造成極其不利的局面。平心而論，關羽的後期實在是過大於功。人們歷來稱道劉、關、張之間至死不渝的友情和關羽的忠義，對這一點要作具體分析，有值得肯定的一面，但也不能過分誇大，更不能盲目效法。宋代以後，封建統治者為了表彰「忠義」，主要是宣揚忠君，對關羽的事蹟和功績大加渲染，追封為公、為王、為帝、為神，窮鄉僻壤都有關帝廟，許多人家供奉關羽的神位，我們要將這個被人為地神化的關羽與真實的關羽區分開來。

關羽字雲長，本字長生，河東解人也①。亡命奔涿郡。先主於鄉里合徒眾，而羽與張飛為之禦侮。先主為平原相，以羽、飛為別部司馬，分統部曲。先主與二人寢則同牀，恩若兄弟；而稠人廣坐，侍立終日，隨先主周旋，不避艱險。

先主之襲殺徐州刺史車冑，使羽守下邳城，行太守事，而身還小沛。建安五年，曹公東征，先主奔袁紹。曹公禽羽以歸，拜為偏將軍②，禮之甚厚。

❶河東：郡名，見《武帝紀》P61 注❽。解（xiè）：縣名，在今山西臨猗縣西南。❷偏將軍：為雜號將軍之一。

關羽字雲長，本字長生，河東郡解縣人。因事逃亡到涿郡。先主在家鄉招斂人眾，而關羽和張飛做他的侍衛。先主任平原國相，任羽、飛為別部司馬，分別統領部隊。先主與二人睡則同牀，恩如兄弟；但在稠人廣坐之中，二人則整天站在旁邊侍衛，先主走到哪兒就跟到哪兒，不避艱險。

建安四年，先主襲殺徐州刺史車冑，命關羽守下邳城，代理沛郡太守，而自己回沛縣。建安五年，曹公東征先主，先主失敗投奔袁紹。曹公擒獲關羽而歸，任命為偏將軍，以禮厚待他。

紹遣大將（軍）顏良攻東郡太守劉延於白馬，曹公使張遼及羽為先鋒擊之。羽望見良麾蓋，策馬刺良於萬眾之中，斬其首還，紹諸將莫能當者，遂解白馬圍。曹公即表封羽為漢壽亭侯①。初，曹公壯羽為人，而察其心神無久留之意，謂張遼曰：「卿試以情問之。」既而遼以問羽，羽歎曰：「吾極知曹公待我厚，然吾受劉將軍厚恩，誓以共死，不可背之。吾終不留，吾要當立效以報曹公乃去。」遼以羽言報曹公，曹公義之。及羽殺顏良，曹公知其必去，重加賞賜。羽盡封其所賜，拜書告辭，而奔

後來袁紹派大將顏良在白馬縣進攻東郡太守劉延，曹公叫張遼和關羽為先鋒去打顏良。關羽望見顏良兵車上的旗幟車蓋，鞭馬刺顏良於千軍萬馬之中，斬其首而返，袁紹的部將沒人能抵擋，因而解除了白馬的包圍。曹公於是上表封關羽為漢壽亭侯。起初，曹公愛關羽為人勇壯，但觀察他的神情好像沒有久留的意思，便對張遼說：「你試着問問他的真實想法。」過後張遼以此事問關羽，關羽感歎說：「我非常了解曹公待我很好，但我受劉將軍的厚恩，發誓生死與共，我不能背叛他。我最終是不會留在這裏的，但我要立功以報答曹公，然後再走。」張遼把關羽的話回報曹公，曹公很讚賞他的忠義。等到關

先主於袁軍。左右欲追之，曹公曰：「彼各為其主，勿追也。」

從先主就劉表。表卒，曹公定荊州，先主自樊將南渡江，別遣羽乘船數百艘會江陵。曹公追至當陽長阪，先主斜趨漢津，適與羽船相值，共至夏口。孫權遣兵佐先主拒曹公，曹公引軍退歸。先主收江南諸郡，乃封拜元勳，以羽為襄陽太守、盪寇將軍②，駐江北。先主西定益州，拜羽董督荊州事。

❶ 漢壽亭侯：漢壽，縣名，在今湖南常德東北，這只是虛封。❷ 襄陽郡為曹操新設，關羽任襄陽太守是遙授其銜。盪寇將軍也是雜號將軍。

羽殺了顏良，曹公知道他必定會離開，對他重加賞賜。關羽把所賜的東西全部封存起來，留下書信告辭，到袁紹軍中投奔先主。曹公左右的人要去追趕，曹公說：「他是各為其主，不要追了。」

後來隨先主到荊州依附劉表。劉表死後，曹公定荊州，先主從樊城準備南渡江，另外派遣關羽率領水軍乘船數百艘到江陵會合。曹公追到當陽縣長阪，先主斜奔漢津渡，恰好與關羽的船相會，一起到夏口。孫權派兵幫助先主抵抗曹公，曹公領軍退回。先主取得江南諸郡，給立了大功的部下封官，以關羽為襄陽太守、盪寇將軍，駐江北。先主西定益州，命關羽總管荊州事。

羽聞馬超來降①，舊非故人，羽書與諸葛亮，問超人才可誰比類。亮知羽護前，乃答之曰：「孟起兼資文武②，雄烈過人，一世之傑，黥、彭之徒③，當與益德並驅爭先④，猶未及髯之絕倫逸羣也。」羽美鬚髯，故亮謂之「髯」。羽省書大悅，以示賓客。

羽嘗為流矢所中，貫其左臂，後創雖愈，每至陰雨，骨常疼痛。醫曰：「矢鏃有毒，毒入于骨，當破臂作創，刮骨去毒，然後此患乃除耳。」羽便伸臂令醫劈之。時羽適請諸將飲食相對，臂血流離，盈於盤器，而羽割炙引酒，言笑自若。

關羽聽説馬超來降，他過去與馬超不認識，因此寫信給諸葛亮，問馬超的能力可以同誰相比。諸葛亮知道關羽好強自負，不願別人勝過自己，就回信説：「馬孟起文武雙全，雄猛過人，可謂一代俊傑，屬於黥布、彭越一類，可與張益德並駕齊驅，但還不及你美髯公的絕倫超羣。」關羽的鬚髯長而美，所以諸葛亮稱他為「髯」。關羽看了信非常高興，還拿出來給賓客們看。

關羽曾經被飛箭射中，射穿了他的左臂，後來傷口雖已癒合，但每到陰雨天，骨頭經常疼痛。醫生説：「箭鏃有毒，毒入於骨，應當剖開手臂，刮骨去毒，然後

二十四年，先主為漢中王，拜羽為前將軍，假節鉞。是歲，羽率眾攻曹仁於樊。曹公遣于禁助仁。秋，大霖雨，漢水泛溢，禁所督七軍皆沒，禁降羽。羽又斬將軍龐德。梁、郟、陸渾羣盜或遙受羽印號⑤，為之支黨，羽威震華夏。曹公議徙許都以避其銳。司馬宣王、蔣濟以為關羽得志，孫權必不願也，可遣人勸權躡其後，

❶馬超在關中被曹操打敗，奔隴西，又敗，至漢中依張魯。建安十九年，劉備圍成都時來歸順劉備。❷孟起：馬超字。❸黥、彭：黥布（本名英布，秦末犯法黥面，人稱「黥布」）、彭越，皆是劉邦手下大將。❹益德：張飛字。❺梁：縣名，在今河南汝州西。郟（jiá）：縣名，即今河南郟縣。陸渾：縣名，在今河南嵩縣東北。

才能除去此患。」關羽便伸臂讓醫生開刀。當時他正請諸將一起飲酒，雖然臂血淋漓，流滿盤器，而他割肉飲酒，談笑自如。

建安二十四年，先主為漢中王，任命關羽為前將軍，授予節鉞。這一年，關羽率軍進攻曹仁於樊城。曹公派于禁去援助曹仁。秋天，連降大雨，漢水氾濫，于禁所統領的七軍全部覆沒，于禁投降關羽。關羽又斬將軍龐德。梁、郟、陸渾諸縣羣盜有的遙受關羽的官印、封號，成為他的支黨，關羽威震華夏。曹公商議遷移許都以避開他的鋒芒。司馬宣王、蔣濟以為關羽得志，孫權必定不願意，可派人勸孫權襲擊他的後方，

許割江南以封權，則樊圍自解。曹公從之。先是，權遣使為子索羽女，羽罵辱其使，不許婚，權大怒。又南郡太守麋芳在江陵，將軍（傅）士仁屯公安，素皆嫌羽（自）輕己。〔自〕羽之出軍，芳、仁供給軍資，不悉相救，羽言還當治之，芳、仁咸懷懼不安。於是權陰誘芳、仁，芳、仁使人迎權；而曹公遣徐晃救曹仁，羽不能克，引軍退還。權已據江陵，盡虜羽士眾妻子，羽軍遂散。權遣將逆擊羽，斬羽及子平于臨沮①。追謚羽曰壯繆侯②。

❶ 臨沮：縣名，在今湖北遠安縣西北。❷ 事發生於後主景耀三年（260）。

允許割江南以封孫權，那麼樊城的包圍就自然解除了。曹公採納了他們的意見。起先，孫權遣使為兒子向關羽的女兒求婚，關羽辱罵使者，不許締結姻親，孫權大怒。又南郡太守麋芳在江陵，將軍士仁屯守公安，平素都怨恨關羽輕視自己。自從關羽出軍樊城以來，麋芳、士仁供給軍資，未能全都及時供應，關羽說回來要懲治他們，二人都惶恐不安。於是孫權暗中引誘麋芳、士仁，麋芳、士仁便命人迎接孫權。這時曹公派徐晃救曹仁，關羽不能攻下樊城，只好率軍撤退。而孫權已佔據江陵，全部虜獲了關羽部下將士的妻兒，關羽的軍隊因此潰散。孫權遣將攔擊關羽，斬殺關羽及其子關平於臨沮縣。（後主時，）追謚關羽為壯繆侯。

周瑜傳

蘇東坡《念奴嬌・赤壁懷古》詞云：「遙想公瑾當年，小喬初嫁了，雄姿英發。羽扇綸巾，談笑間、強虜灰飛煙滅。」可作為本傳主要內容的一個很好的概括。周瑜（一七五—二一〇），三國孫吳名將，赤壁之戰中吳軍的統帥。本篇記載，他在戰前對孫權精闢分析了曹操可以戰勝的理由（這與同時諸葛亮、魯肅的意見不謀而合，可參見本書所選《諸葛亮傳》），從而更堅定了孫權聯劉抗曹的決心。篇中還比較詳細地敘述了這次戰役的經過和周瑜所起的作用。赤壁之戰是三國時期的決定性戰役之一，也是我國古代以弱勝強的著名戰例。它阻止了曹操對南方的兼併，並使劉備在荊州取得了一塊立足之地，從而為三國鼎立的局面奠定了基礎、拉開了序幕。

在《三國演義》中對周瑜其人有極精彩的描寫，把他寫成一個氣量狹小、不能容人的典型，並精心杜撰了「諸葛亮三氣周瑜」的著名故事。其實本傳指出周瑜「性度恢廓」，即性情開朗，氣量寬宏，與小說中的周瑜剛好相反。本篇末尾寫周瑜精通音樂，寥寥數語，更刻畫出周郎的風采，寫得很有情趣。可惜這類生動的描寫在《三國志》中很少。

周瑜字公瑾，廬江舒人也①。從祖父景，景子忠，皆為漢太尉。父異，洛陽令。

瑜長壯有姿貌。初，孫堅興義兵討董卓，徙家於舒。堅子策與瑜同年，獨相友善，瑜推道南大宅以舍策，升堂拜母，有無通共。瑜從父尚為丹楊太守，瑜往省之。會策將東渡，到歷陽②，馳書報瑜，瑜將兵迎策，策大喜曰：「吾得卿，諧也。」遂從攻橫江、當利③，

❶ 舒：縣名，在今安徽廬江縣西南。❷ 歷陽：縣名，在今安徽和縣。❸ 橫江：橫江渡，在今安徽和縣東南，為長江渡口。當利：當利口，在今和縣東。

周瑜字公瑾，廬江郡舒縣人。堂祖父周景、周景之子周忠，都曾任漢朝的太尉。父親周異，曾任洛陽縣令。

周瑜長得高大健壯，容貌出眾。起初，孫堅發動義兵討伐董卓，把家遷到舒縣。他的兒子孫策和周瑜同年，兩人的關係特別親密。周瑜把路南的大宅讓給孫策住，彼此升堂拜母，親如一家，共通有無。周瑜的堂叔周尚任丹楊太守，周瑜前去看望他。正好這時孫策將要東渡大江，到了歷陽，快馬帶信告訴周瑜，周瑜帶兵去迎接孫策。孫策大喜，說：「我有了你，事就成了。」於是跟隨孫策進攻橫江渡、當利口，

皆拔之。乃渡江擊秣陵①，破笮融、薛禮，轉下湖孰、江乘②，進入曲阿③，劉繇奔走，而策之眾已數萬矣。因謂瑜曰：「吾以此眾取吳會、平山越已足④。卿還鎮丹楊⑤。」瑜還。頃之，袁術遣從弟胤代尚為太守，而瑜與尚俱還壽春。術欲以瑜為將，瑜觀術終無所成，故求為居巢長，欲假塗東歸，術聽之。遂自居巢還吳。是歲，建安三年也。策親自迎瑜，授建威中郎將，即與兵二千人，騎五十匹。瑜時年二十四，吳中皆呼為周郎。以瑜恩信著於廬江，出備牛渚⑥，後領春穀長⑦。頃之，策欲取荊州，以瑜

都攻下了。進而渡江攻打秣陵，擊破笮融、薛禮，轉而拿下湖孰、江乘二縣，進入曲阿，劉繇逃走，這時孫策的人馬已經有幾萬了。於是孫策對周瑜說：「我用這支隊伍攻取吳郡、會稽郡，平定山越，已經足夠了，你回去鎮守丹楊郡。」周瑜就回去了。不久，袁術派堂弟袁胤代替周尚作丹楊太守，因此周瑜與周尚一起回到壽春。袁術想用周瑜為將領，周瑜看出袁術終究不會有甚麼成就，所以請求當居巢縣長，想借路東歸，袁術同意了。於是從居巢回到吳縣。這一年是建安三年。孫策親自迎接周瑜，任命他為建威中郎將，當即給他士兵二千人、戰馬五十匹。周瑜當時二十四歲，吳地人都叫他「周郎」。由於

為中護軍⑧，領江夏太守，從攻皖⑨，拔之。時得橋公兩女，皆國色也，策自納大橋，瑜納小橋。復進尋陽⑩，破劉勳，討江夏，還定豫章、廬陵，留鎮巴丘⑪。

五年，策薨，權統事。瑜將兵赴喪，遂留吳，以中護軍與長史張昭共掌眾事。十一年，督孫瑜等討麻、保二屯⑫，梟其渠帥，因俘萬餘口，

❶秣陵：今南京。❷湖孰：縣名，在今南京東南。江乘：縣名，在今江蘇句容北。❸曲阿：縣名，即今江蘇丹陽。❹山越：漢末至隋唐時期分佈於南方部分山區的越人。❺丹楊：郡名，治宛陵縣，即今安徽宣城。❻牛渚：牛渚磯，一名「採石磯」，在今安徽當塗縣北，為長江重要渡口。❼春穀：縣名，在今安徽繁昌縣西南。❽中護軍：統兵軍官名。❾皖：縣名，即今安徽潛山縣。❿尋陽：縣名，在今湖北黃梅縣西南。⓫巴丘：縣名，屬廬陵郡，在今江西峽江縣北。⓬麻、保二屯：在今湖北嘉魚縣境。

他在廬江一帶很有恩惠威信，因此孫策讓他前往守備牛渚，後來又兼任春穀縣長。不久，孫策想要奪取荊州，任他為中護軍，兼領江夏太守，又隨孫策攻克皖縣。其時得到橋公的兩個女兒，都是全國最美的女子，孫策自己娶了大橋，周瑜娶了小橋。又進軍尋陽，打垮廬江太守劉勳，征討江夏，回兵平定豫章、廬陵，留鎮巴丘縣。

建安五年，孫策死，孫權統事。周瑜從巴丘帶兵前去奔喪，就留在吳縣，作為中護軍，同長史張昭一起掌管孫權府中各事。十一年，統率孫瑜等討伐麻、保二屯，將其首領斬首示眾，因而俘虜一萬餘口，

還備（官亭）〔宮亭〕①。江夏太守黃祖遣將鄧龍將兵數千人入柴桑，瑜追討擊，生虜龍送吳。

十三年春，權討江夏，瑜為前部大督②。其年九月，曹公入荊州，劉琮舉眾降，曹公得其水軍，船步兵數十萬，將士聞之皆恐。權延見羣下，問以計策。議者咸曰：「曹公豺虎也，然託名漢相，挾天子以征四方，動以朝廷為辭，今日拒之，事更不順。且將軍大勢，可以拒操者，長江也。今操得荊州，奄有其地。劉表治水軍，蒙衝鬥艦③，乃以

回來後駐防宮亭。劉表的江夏太守黃祖派部將鄧龍帶兵數千人入柴桑，周瑜追擊，活捉鄧龍並送到吳縣。

建安十三年春，孫權征江夏，周瑜任前部大督。這年九月，曹公入荊州，劉琮率部投降，曹公得到他的水軍，戰船、步兵數十萬，將士聽說後都很驚恐。孫權召見眾部下，詢問計策。參加討論的人都說：「曹操像豺虎一樣兇惡，但他是假託漢朝丞相的名義，挾持天子以征討四方，動輒以朝廷為藉口。現在我們同他對抗，事情就會更不順遂。而且從大勢來看，您可以抗拒曹操的，只有長江。現今曹操得到荊州，盡有其地。劉表建立的水軍，蒙

千數，操悉浮以沿江，兼有步兵，水陸俱下，此為長江之險，已與我共之矣。而勢力眾寡，又不可論。愚謂大計不如迎之。」瑜曰：「不然。操雖託名漢相，其實漢賊也。將軍以神武雄才，兼仗父兄之烈，割據江東，地方數千里，兵精足用，英雄樂業。尚當橫行天下，為漢家除殘去穢。況操自送死，而可迎之邪！請為將軍籌之：今使北土已安，操無內憂，能曠日持久，來爭疆埸，又能與我校勝負於船楫（可）〔間〕乎？

❶宮亭：宮亭湖，亦即彭蠡澤，在今江西九江、湖口之間，跨長江南北，今為鄱陽湖北部及江北諸湖區。❷前部大督：前軍統帥。❸蒙衝鬥艦：兩種戰船。

衝、鬥艦數以千計，曹操全部放到沿江一帶，加之有步兵，水陸並進，這說明長江的天險，已與我方共用了。至於雙方兵力的多寡，更不可相提並論。我們認為最好的計策是不如迎接他。」周瑜說：「不對。曹操雖託名漢相，其實是漢朝的奸賊。將軍憑着您的神威雄才，兼仗父兄的遺業，割據江東，地方數千里，兵力精強，資財充足，英雄之士都樂於跟隨您建功立業。因此您本來就應當橫行天下，為漢朝驅除奸賊，掃清污穢，何況現在曹操自己來送死，怎麼可以投降他呢！請允許我替您分析一下：假定現在北方已經安定，曹操沒有內憂，能夠曠日持久來爭奪疆土，那麼他能與我方在舟船之間較量勝負嗎？

今北土既未平安，加馬超、韓遂尚在關西，為操後患。且舍鞍馬，仗舟楫，與吳越爭衡，本非中國所長。又今盛寒，馬無藁草，驅中國士眾遠涉江湖之間，不習水土，必生疾病。此數四者，用兵之患也，而操皆冒行之。將軍禽操，宜在今日。瑜請得精兵三萬人，進住夏口，保為將軍破之。」權曰：「老賊欲廢漢自立久矣，徒忌二袁、呂布、劉表與孤耳。今數雄已滅，惟孤尚存，孤與老賊，勢不兩立。君言當擊，甚與孤合，此天以君授孤也。」

何況現在北方既未安穩，加上馬超、韓遂還在關西，成為曹操的後患。而且捨棄鞍馬，使用舟船，來與江東爭勝負，這本來就不是中原軍隊所擅長的。另外，現在正是嚴冬，戰馬沒有草料，驅迫中原的兵士來到遙遠的江湖之間，水土不服，必生疾病。以上這幾種情況，乃是用兵的憂患，而曹操卻置之不顧，冒險行事。您捉拿曹操，正應在此時。我請求您給予精兵三萬人，進駐夏口，保證為您打敗他。」孫權說：「老賊想要廢除漢朝、自立為皇帝已經很久了，只不過顧忌袁紹、袁術、呂布、劉表和我罷了。現在諸雄已被消滅，只有我還在，我與老賊，勢不兩立。您說應當打，同我的想法很相合，這是上天把

時劉備為曹公所破，欲引南渡江，與魯肅遇於當陽，遂共圖計，因進住夏口，遣諸葛亮詣權。權遂遣瑜及程普等與備并力逆曹公，遇於赤壁。時曹公軍眾已有疾病，初一交戰，公軍敗退，引次江北。瑜等在南岸。瑜部將黃蓋曰：「今寇眾我寡，難與持久。然觀操軍船艦首尾相接，可燒而走也。」乃取蒙衝鬥艦數十艘，實以薪草，膏油灌其中，裹以帷幕，上建牙旗①，先書報曹公，欺以欲降。又預備走舸②，各繫大船後，

❶ 牙旗：軍前大旗。❷ 走舸：小型戰船。

您送給我啊。」

當時劉備被曹公打敗，想向南撤退渡過長江，與魯肅在當陽相遇，於是共同謀劃計策，隨後進駐夏口，派諸葛亮去面見孫權。孫權便派周瑜及程普等人與劉備併力迎擊曹公，在赤壁相遇。當時曹公的軍隊已患疾病，剛一交戰，曹公軍敗，退駐江北，周瑜等人在南岸。周瑜的部將黃蓋說：「現今敵眾我寡，很難同他長期抗衡。但我看曹操軍隊的船艦首尾相連，可放火焚燒把他趕跑。」於是取蒙衝、鬥艦數十艘，裝滿柴草，把油脂灌入裏面，外用帷幕包裹，上面插牙旗，事先寫信告訴曹公，假稱想投降。又預備快船，分別繫在大船之後，

因引次俱前。曹公軍吏士皆延頸觀望，指言蓋降。蓋放諸船，同時發火。時風盛猛，悉延燒岸上營落。頃之，煙炎張天，人馬燒溺死者甚眾，軍遂敗退，還保南郡。備與瑜等復共追。曹公留曹仁等守江陵城，逕自北歸。

瑜與程普又進南郡，與仁相對，各隔大江。兵未交鋒，瑜即遣甘寧前據夷陵。仁分兵騎別攻圍寧，寧告急於瑜。瑜用呂蒙計，留淩統以守其後，身與蒙上救寧。寧圍既解，乃渡屯北岸，克期大戰。瑜親跨馬擽陳①，會流矢中右脅，

依次前進。曹公軍中兵士都伸長脖子觀望，議論着黃蓋前來投降之事。黃蓋放出的各條船隻，同時點火。當時風颳得很猛，船上的火全都延燒到岸上的軍營。不久，煙焰滿天，人馬被燒或溺水而死的很多，曹公軍敗退，回守南郡。劉備與周瑜等人又一起追擊。曹公留曹仁等人守江陵城，自己直接回北方去了。

周瑜與程普又進兵南郡，與曹仁相對，各隔大江。軍隊尚未交鋒，周瑜就派甘寧前去佔據夷陵。曹仁分派步兵騎兵進攻並包圍甘寧，甘寧向周瑜告急。周瑜用呂蒙的計策，留淩統守後方，自己與呂蒙溯江而上援救甘寧。把甘寧的包圍解除之

瘡甚，便還。後仁聞瑜臥未起，勒兵就陳。瑜乃自興，案行軍營，激揚吏士，仁由是遂退。權拜瑜偏將軍，領南郡太守，以下雋、漢昌、劉陽、州陵為奉邑②，屯據江陵。

劉備以左將軍領荊州牧，治公安。備詣京見權③，瑜上疏曰：「劉備以梟雄之姿，而有關羽、張飛熊虎之將，必非久屈為人用者。愚謂大計宜徙備置吳，

❶ 擽陳（luè zhèn）：掠陣。❷ 以上四縣，下雋在今湖北通城縣西，漢昌在今湖南平江縣東，劉陽在今湖南瀏陽東，州陵在今湖北監利縣東。奉邑：即食該縣租稅，但不是封地。❸ 京：見《先主傳》P161 注❹。

後，便渡江駐守北岸，約定日期大戰。周瑜親自跨馬衝擊敵陣，恰巧被飛箭射中右脅，傷勢很重，就回營了。後來曹仁聽說周瑜臥牀未起，部署軍隊來到陣前。周瑜便親自起來，巡查軍營，激勵將士，曹仁因而退兵。孫權任命周瑜為偏將軍，兼南郡太守，以下雋、漢昌、劉陽、州陵四縣作為他的奉邑，駐守江陵。

當時劉備以左將軍兼荊州牧，州治設在公安。劉備到京城去見孫權，周瑜上疏說：「劉備是一個驍悍雄傑的人物，而又有關羽、張飛兩名猛如熊虎的大將，必定不是長久屈服聽人使喚的人。我認為最好的計策是應當把他遷到吳郡安置，

盛為築宮室，多其美女玩好，以娛其耳目，分此二人，各置一方，使如瑜者得挾與攻戰，大事可定也。今猥割土地以資業之，聚此三人，俱在疆場，恐蛟龍得雲雨，終非池中物也。」權以曹公在北方，當廣擥英雄，又恐備難卒制，故不納。

是時劉璋為益州牧，外有張魯寇侵，瑜乃詣京見權曰：「今曹操新折衄，方憂在腹心，未能與將軍連兵相事也。乞與奮威俱進取蜀①，得蜀而幷張魯，因留奮威固守其地，好與馬超結援，

替他廣築宮室，多給他美女珍玩，使他有聲色的娛樂；分開關、張二人，各置一方，讓像我這樣的將領得以控制他們並與之攻戰，大事就可以穩妥了。如果隨便割讓土地以資助他們的事業，把這三個人都聚集在疆界上，恐怕蛟龍得到了雲雨，終究不是水池中的動物啊。」孫權因為曹公在北方，應當廣泛招攬英雄，又恐怕劉備一時難以控制，所以沒採納周瑜的意見。

這時劉璋為益州牧，外有張魯侵犯，周瑜就到京城拜見孫權說：「現在曹操剛剛遭受挫敗，正擔憂自己內部不穩，還不可能與您用兵爭戰。因此我請求與奮威將軍一起進兵取蜀，得了蜀又兼併

瑜還與將軍據襄陽以蹙操[2]，北方可圖也。」權許之。瑜還江陵為行裝，而道於巴丘病卒[3]，時年三十六。權素服舉哀，感動左右。喪當還吳，又迎之蕪湖[4]，眾事費度，一為供給。後著令曰：「故將軍周瑜、程普，其有人客，皆不得問。」

初，瑜見友於策，太妃又使權以兄奉之。是時權位為將軍，

❶奮威：即奮威將軍孫瑜，孫權的堂兄。❷蹙（cù）：逼迫、威脅。❸巴丘：山名，在今湖南岳陽，為吳重鎮，與本傳前文的「巴丘」不是一地。❹蕪湖：縣名，即今安徽蕪湖。

張魯，然後留奮威將軍固守蜀地，結交好馬超，互相支援，我回來為您佔據襄陽以威脅曹操，北方就可以謀取了。」孫權贊同他的意見。周瑜回江陵準備行裝，但在路經巴丘時病死，年僅三十六歲。孫權身着喪服哀悼，感動左右。周瑜的遺體將運回吳郡時，孫權又親到蕪湖迎接，辦理喪事所需的各項費用，全由公家供給。後來又定下法令說：「已故將軍周瑜、程普，他們家所有的人和田客，一律免徵賦役，官府不得過問。」

起初，孫策同周瑜結為朋友，孫策的母親又叫孫權將他當作兄長來侍奉。當時孫權的職位只是將軍，

諸將賓客為禮尚簡，而瑜獨先盡敬，便執臣節。性度恢廓，大率為得人，惟與程普不睦。

瑜少精意於音樂，雖三爵之後，其有闕誤，瑜必知之，知之必顧，故時人謠曰：「曲有誤，周郎顧。」

他下面的將領賓客對他的禮節還很簡易，而周瑜獨自極其恭敬，已用臣下的禮節事奉孫權。他性情豁達，度量寬宏，大體上是得人心的，只是與程普關係不和睦。

周瑜年少時曾精心學習音樂，即使飲酒三杯之後，如果演奏樂曲的人一有錯誤，他必定會聽出，一聽出必定要回顧，所以當時人有句諺語說：「曲有誤，周郎顧。」

陸遜傳

陸遜（183—245）也是三國時期的一位名將，他傑出的軍事指揮才能充分體現在吳蜀夷陵之戰中。當時還不出名的陸遜統率吳軍，把老於世故、人稱「天下梟雄」的劉備打得全軍覆沒，鞏固了孫吳對荊州的統治。事後劉備自我解嘲地說：「我竟被陸遜所折辱，豈非天意！」這當然不是甚麼「天意」，而是由於他自己的失誤和陸遜的指揮有方。陸遜避開蜀軍的鋭氣，堅守不戰，將敵拖疲，而後一舉出擊，制敵於死地；他抓住劉備連營數百里，兵力分散，首尾不能相救的錯誤，採用火攻的正確戰術；而且他能在作戰過程中，嚴明軍令，加強紀律，統一步調。所有這些，決定了吳軍的勝利。陸遜不但善於指揮打仗，而且很有政治頭腦和戰略眼光，這從他麻痹關羽、瓦解敵軍、夷陵之戰後及時停止攻蜀等都可得到説明。後來他當了吳國丞相，政治上也有一些可取之處。從本篇，我們還可以看到孫權的善於用人，這也是孫氏能與曹、劉鼎立的一個重要因素。

陸遜字伯言，吳郡吳人也①。本名議，世江東大族。遜少孤，隨從祖廬江太守康在官。袁術與康有隙，將攻康，康遣遜及親戚還吳。遜年長於康子績數歲，為之綱紀門戶。

孫權為將軍，遜年二十一，始仕幕府，歷東西曹令史，出為海昌屯田都尉②，並領縣事。縣連年亢旱，遜開倉穀以振貧民，勸督農桑，百姓蒙賴。時吳、會稽、丹楊多有伏匿，遜陳便宜③，

❶吳：縣名，吳郡治所，即今江蘇蘇州。❷海昌：縣名，在今浙江海鹽縣南。屯田都尉：管屯田的軍官。❸便（biàn）宜：指有利國家、合乎時宜之事。

陸遜字伯言，吳郡吳縣人。本名議，世代為江東大族。陸遜年少時父親去世，隨堂祖父廬江太守陸康在廬江任所。袁術與陸康有仇，準備攻陸康，陸康叫陸遜及親戚回到吳縣。陸遜比陸康的兒子陸績大幾歲，便替陸績管理家務。

孫權做將軍時，陸遜二十一歲，開始在將軍府中做官，曾任東西曹令史，後出任海昌屯田都尉，並兼縣令。這個縣連年大旱，陸遜開倉放糧以救濟貧民，勸勉督促農桑生產，使百姓蒙受利益。當時，吳、會稽、丹楊三郡很多老百姓因逃避賦役而藏匿起來，陸遜向孫權陳述便國利民的事，

乞與募焉。會稽山賊大帥潘臨，舊為所在毒害，歷年不禽。遜以手下召兵，討治深險，所向皆服，部曲已有二千餘人。鄱陽賊帥尤突作亂①，復往討之，拜定威校尉，軍屯利浦②。

權以兄策女配遜，數訪世務，遜建議曰：「方今英雄棋跱，豺狼窺望，克敵寧亂，非眾不濟。而山寇舊惡，依阻深地。夫腹心未平，難以圖遠，可大部伍，取其精銳。」權納其策，以為帳下右部督③。會丹楊賊帥費棧受曹公印綬，扇動山越，為作內應，權遣遜討棧。棧

請求招募他們。會稽山賊的首領潘臨，很久以來乃當地的一大禍害，長年官府都沒能捉住他。陸遜率領手下召募的兵，進入深山險地實行討伐，所到之處都被降服，部隊發展到兩千多人。鄱陽縣的賊首尤突作亂，陸遜又前往討伐。孫權任命他為定威校尉，駐兵利浦。

孫權把他哥哥孫策的女兒許配給陸遜，多次向他徵詢當代大事。陸遜建言：「當今英雄各據一方，我們的敵人也像豺狼一樣在暗中窺伺，要想戰勝敵人，平定禍亂，沒有軍隊不行。而山寇長期作惡，憑據深山險阻之地。這一心腹之患尚未消除，就難以做向外發展的打算。應該大規模部署軍隊，

支黨多而往兵少，遜乃益施牙幢④，分布鼓角，夜潛山谷間，鼓譟而前，應時破散。遂部伍東三郡⑤，強者為兵，羸者補户，得精卒數萬人，宿惡盪除。所過肅清，還屯蕪湖。

會稽太守淳于式表遜枉取民人，愁擾所在。遜後詣都，言次，稱式佳吏，

❶鄱陽：縣名，在今江西鄱陽縣東。❷利浦：一名「當利口」，見《周瑜傳》P219注❸。❸帳下右部督：軍官名，領帳下衛兵。❹牙幢（chuáng）：即牙旗，軍前大旗。❺東三郡：指丹楊、新都、會稽。新都郡治始新縣，在今浙江淳安縣西。

征討山寇，取當中精鋭之士為兵。」孫權採納了他的建議，任他做帳下右部督。適遇丹楊賊首費棧接受曹公委任，煽動山越的勢力替他作內應，孫權派陸遜討伐費棧。費棧黨羽很多，而帶去的兵很少，因此陸遜多樹牙旗，各處佈置鼓角，晚上潛入山谷之間，擂鼓吶喊着向前推進，賊兵即時潰散。於是分別處置丹楊、新都、會稽三郡的山越黨羽，強壯的則當兵，羸弱的則補充民戶，獲得精兵幾萬人，長期的禍害一朝清除。所過之地秩序清靜，返兵駐紮在蕪湖。

會稽太守淳于式上表攻擊陸遜非法掠取百姓，困擾地方。陸遜後來到京都，談話之間稱讚淳于式是個很好的官吏，

權曰：「式白君而君薦之，何也？」遜對曰：「式意欲養民，是以白遜。若遜復毀式以亂聖聽，不可長也。」權曰：「此誠長者之事，顧人不能為耳。」

呂蒙稱疾詣建業[1]，遜往見之，謂曰：「關羽接境，如何遠下，後不當可憂也？」蒙曰：「誠如來言，然我病篤。」遜曰：「羽矜其驍氣，陵轢於人。始有大功，意驕志逸，但務北進，未嫌於我，有相聞病，必益無備。今出其不意，自可禽制。下見至尊，宜好為計。」蒙曰：「羽素勇猛，既難為攻，且已據

孫權說：「淳于式告你的狀而你推薦他，這是為甚麼？」陸遜回答說：「淳于式意在保養民力，所以告我的狀。如果我又詆毀他以擾亂您的視聽，這種風氣不可滋長。」孫權說：「這確是厚道之人應做之事，只不過他人做不到罷了。」

呂蒙（為了麻痹關羽，）假託有病回建業，（經過蕪湖時，）陸遜前去看望他，對他說：「關羽同我們邊境鄰接，您怎麼大老遠回京都，以後不值得憂慮嗎？」呂蒙說：「誠如你所說的，不過我病很重。」陸遜說：「關羽誇耀自己的勇猛氣概，欺凌別人。因為以前有大功，心中便驕傲放縱，只圖北進，而沒有懷疑我方；現在又聽說你病了，

荊州，恩信大行，兼始有功，膽勢益盛，未易圖也。」蒙至都，權問：「誰可代卿者？」蒙對曰：「陸遜意思深長，才堪負重，觀其規慮，終可大任。而未有遠名，非羽所忌，無復是過。若用之，當令外自韜隱，內察形便，然後可克。」權乃召遜，拜偏將軍、右部督，代蒙。

❶ 呂蒙：鎮守荊州的主將，領兵屯陸口（今湖北蒲圻西北）。為了麻痹關羽，襲取南郡，故託疾還建業治病。建業：原名秣陵，即今江蘇南京。孫權改稱建業，徙都於此。

必然更加不作防備。如能出其不意，一定可以生擒關羽，把他制服。你去京師見了主上，應當好好制定計策。」呂蒙說：「關羽向來勇猛，很難對付，而且已佔據荊州，大樹恩惠和威信，加之以往有功勞，膽量氣勢更盛，現在還不容易打他的主意。」呂蒙到了京師，孫權問：「誰可以接替你？」呂蒙回答：「陸遜思慮深遠，才能足以擔負重任，從他的謀慮來看，將來定可以大用。而且現在他還不太出名，不是關羽所畏忌的，要找接替我的人，沒有比他更恰當的了。若要任用他，應當讓他對外界隱蔽起來，不出頭露面，而在暗中觀察形勢，尋找機會，然後可以成功。」於是孫權召見陸遜，任命他為偏將軍、右部督，代替呂蒙。

遜至陸口，書與羽曰：「前承觀釁而動，以律行師，小舉大克，一何巍巍！敵國敗績，利在同盟，聞慶拊節，想遂席卷，共獎王綱。近以不敏，受任來西，延慕光塵，思稟良規。」又曰：「于禁等見獲，遐邇欣歎，以為將軍之勳足以長世，雖昔晉文城濮之師①，淮陰拔趙之略②，蔑以尚茲。聞徐晃等少騎駐旌，窺望麾葆③。操猾虜也，忿不思難，恐潛增眾，以逞其心。雖云師老，猶有驍悍。且戰捷之後，常苦輕敵，古人杖術，軍勝彌警，願將軍廣為方計，以全獨克。僕書生疏遲，忝所不堪，喜

陸遜到了陸口，寫信給關羽說：「前日得知您伺察敵人的破綻以乘機進攻，按照嚴整的法度行軍用兵，小小舉動便獲大勝，您的功勳何等偉大！敵國的潰敗，即是盟國的勝利，因此我聽到這個喜訊，不禁拍掌稱賀。盼您即將席捲中原，共扶王室。近日不才接受任務，來到西邊，仰慕您的風采，很想聽取良策。」又說：「于禁等人被擒，遠近歡欣讚歎，認為將軍的功勳足以永垂於世，縱使是當年晉文公城濮的勝利、淮陰侯破趙的謀略，也不能超過您的功績。聽說徐晃等人以少量騎兵駐在樊城附近，窺探貴軍動靜。曹操是個狡猾的敵人，恐怕他會由於憤恨而忘記失敗的教訓，暗中增加軍隊，以求一逞。

鄰威德，樂自傾盡，雖未合策，猶可懷也。儻明注仰，有以察之。」羽覽遜書，有謙下自託之意，意大安，無復所嫌。遜具啟形狀，陳其可禽之要。權乃潛軍而上，使遜與呂蒙為前部，至即克公安、南郡。遜徑進，領宜都太守④，

❶晉文城濮之師：春秋晉文公時，晉、楚戰於城濮（今山東鄄城西南），晉軍以弱勝強，擊潰楚軍。❷淮陰：指淮陰侯韓信。楚漢戰爭時，韓信領兵自今山西境東下井陘擊趙。他引誘趙軍出戰，加以牽制，別遣兵從小路進入趙營，拔趙旗，插上漢旗。趙軍驚亂。漢軍前後夾擊，遂大破趙軍，奪取趙地。❸麾葆：大將的旗幟和車蓋。這裏指關羽軍。❹宜都：郡名，治夷道縣，在今湖北宜都西北。

雖說敵軍駐紮已久，但還有勇猛強悍的士氣。而且戰勝之後，往往患在輕敵，因此古人運用兵法，打了勝仗而更加警惕。希望您周密地制定方略，保持自己的全勝。我是個書生，粗疏遲鈍，辱居高位，力不能勝，幸慶與您這位威德卓著的將軍為鄰，因此很樂於盡抒愚見，雖未能合於您的計策，但可能還有點考慮的價值。倘能承蒙關注，還望加以明察。」關羽看了陸遜的信，認為他態度謙卑，有仰賴自己的意思，因此大為放心，不再有所猜疑。陸遜把這情況詳細報告孫權，陳述關羽可擒的主要計策。於是孫權暗中調兵順流而上，命陸遜與呂蒙為前軍，很快就攻下了公安、南郡。陸遜徑直推進，兼領宜都太守，

拜撫邊將軍，封華亭侯。備宜都太守樊友委郡走，諸城長吏及蠻夷君長皆降。遜請金銀銅印，以假授初附。是歲建安二十四年十一月也。

遜遣將軍李異、謝旌等將三千人，攻蜀將詹晏、陳鳳。異將水軍，旌將步兵，斷絕險要，即破晏等，生降得鳳。又攻房陵太守鄧輔、南鄉太守郭睦[1]，大破之。秭歸大姓文布、鄧凱等合夷兵數千人，首尾西方。遜復部旌討破布、凱。布、凱脱走，蜀以為將。遜令人誘之，布帥眾還降。前後斬獲招納，凡數

並被任命為撫邊將軍，封華亭侯。劉備的宜都太守樊友棄郡而逃走，所屬各城的官長和蠻夷首領都來投降。陸遜請頒下金、銀、銅印，授予新來歸附的這些人。這是建安二十四年十一月的事。

陸遜派遣將軍李異、謝旌等人率領三千人進攻蜀將詹晏、陳鳳。李異率水軍，謝旌率步兵，斷絕險要，很快攻破詹晏等人，活捉並降服陳鳳。又進攻房陵太守鄧輔、南鄉太守郭睦，把他們打得大敗。秭歸大姓文布、鄧凱等人糾集數千夷兵，兩面觀望，而暗通西蜀。陸遜又部署謝旌打敗文布、鄧凱，文布、鄧凱脱逃，蜀用為將。陸遜叫人加以引誘，文布又率眾回來

萬計。權以遜為右護軍、鎮西將軍②，進封婁侯。

時荊州士人新還，仕進或未得所，遜上疏曰：「昔漢高受命，招延英異，光武中興，羣俊畢至，苟可以熙隆道教者，未必遠近。今荊州始定，人物未達，臣愚慺慺，乞普加覆載抽拔之恩，令並獲自進，然後四海延頸，思歸大化。」權敬納其言。

❶房陵：郡名，治房陵縣，在今湖北房縣。南鄉郡治南鄉縣，在今河南淅川縣南。❷右護軍：統領禁軍的軍官之一。

歸降。前後斬獲招納，總共幾萬人。孫權命陸遜為右護軍、鎮西將軍，進封婁侯。

當時荊州流亡的士人剛回來，有的人尚未被安排適當的官位，陸遜上疏說：「從前漢高祖即位，招納延用優異人才；光武中興，很多傑出人物都前來歸附。只要可以使政教昌明，用人不在乎遠近。現在荊州才剛剛安定，有才能的人尚未顯達，愚臣以恭謹之心，請您普施天覆地載的大恩，提拔他們，使他們都得以進用。如此一來，四海的人必定引頸傾慕，都願歸服於您偉大的教化。」孫權認真地採納了他的建議。

黃武元年①，劉備率大眾來向西界，權命遜為大都督、假節②，督朱然、潘璋、宋謙、韓當、徐盛、鮮于丹、孫桓等五萬人拒之。備從巫峽、建平連圍至夷陵界③。立數十屯，以金錦爵賞誘動諸夷，使將軍馮習為大督，張南為前部，輔匡、趙融、廖淳、傅彤等各為別督。先遣吳班將數千人於平地立營，欲以挑戰。諸將皆欲擊之，遜曰：「此必有譎，且觀之。」備知其計不可，乃引伏兵八千，從谷中出。遜曰：「所以不聽諸君擊班者，揣之必有巧故也。」遜上疏曰：「夷陵要害，國之

黃武元年，劉備率領大軍來攻西界，孫權任命陸遜為大都督、假節，督率朱然、潘璋、宋謙、韓當、徐盛、鮮于丹、孫桓等五萬人抵禦。劉備從巫峽、建平連營到夷陵縣界，建立了幾十個營寨，以黃金、蜀錦、爵位和種種賞賜誘動這一帶的蠻夷，任用將軍馮習為主將，張南為前部統領，輔匡、趙融、廖淳、傅彤等人各任別部將領。先派吳班率領幾千人於平地立營，想以此挑戰。諸將都主張進攻，陸遜說：「這當中必定有詐，姑且觀察觀察。」劉備知道此計不成，便帶了八千伏兵，從山谷中出來。陸遜說：「之所以不讓你們進攻吳班，是揣測他定有詭詐的緣故。」陸遜上疏說：「夷陵是個要害之

關限，雖為易得，亦復易失。失之非徒損一郡之地，荊州可憂。今日爭之，當令必諧。備干天常，不守窟穴，而敢自送。臣雖不材，憑奉威靈，以順討逆，破壞在近。尋備前後行軍，多敗少成，推此論之，不足為戚。臣初嫌之，水陸俱進，今反舍船就步，處處結營，察其布置，必無他變。伏願至尊高枕，不以為念也。」諸將並曰：「攻備當在初，今乃令入五六百里，相銜持經七八月，其諸要害皆以固守，擊之必無利矣。」

❶ 黃武：吳主孫權的第一個年號，黃武元年為公元 222 年。❷ 大都督：與下文「大督」都是統兵的元帥。❸ 建平：郡名，吳主孫休時始置，治巫縣，在今重慶巫山縣北，這裏是使用後來的地名。

地，是國家的一道關隘，雖說容易取得，但也容易失去。失去了不但損失一郡之地，整個荊州皆堪憂慮。現在我們爭奪此地，一定要保證成功。劉備干犯天理，不守巢穴，而敢來送死。臣雖不材，仰仗您的神威，以順討逆，打敗敵人就在近日。察劉備前後用兵，敗多勝少，由此推論，不足為憂。我起初擔心他水陸並進，而他現在反而棄船就步，處處結營，看他的佈置，必定沒有其他變故。伏願主上高枕無憂，不必掛念。」諸將卻說：「進攻劉備應在當初，而今竟讓他深入五六百里，雙方相持已經七八個月，他的各處險要都已固守，此時發動攻擊必然得不到好處。」

遜曰：「備是猾虜，更嘗事多，其軍始集，思慮精專，未可干也。今住已久，不得我便，兵疲意沮，計不復生，掎角此寇，正在今日。」乃先攻一營，不利。諸將皆曰：「空殺兵耳。」遜曰：「吾已曉破之之術。」乃敕各持一把茅，以火攻拔之。一爾勢成，通率諸軍同時俱攻，斬張南、馮習及胡王沙摩柯等首，破其四十餘營。備將杜路、劉寧等窮逼請降。備升馬鞍山①，陳兵自繞。遜督促諸軍四面蹙之，土崩瓦解，死者萬數。備因夜遁，驛人自擔燒鐃、鎧斷後②，僅得入白帝城。其舟船器械，水

陸遜說：「劉備是個狡猾的敵人，經歷的事情多，當他的軍隊開始結集的時候，思慮專精，不可干犯。現在駐紮已久，沒撈到我們的好處，士兵疲累，意志沮喪，無計可施，夾擊此敵，正在今日。」於是先攻一營，不利，諸將都說：「白拿士兵去送死罷了。」陸遜說：「我已知道攻破敵人的方法了。」便下令各持一把茅草，以火攻攻破敵營。一當取勝之勢形成，就統率諸軍同時進攻，斬張南、馮習及胡王沙摩柯等人首級，攻破敵軍四十多個營。劉備部將杜路、劉寧等人走投無路，乞求投降。劉備登上馬鞍山，佈置軍隊環衛自己。陸遜督促諸軍四面逼攻，敵軍土崩瓦解，死者上萬。劉備乘夜逃走，驛站的人

步軍資，一時略盡，尸骸漂流，塞江而下。備大慚恚，曰：「吾乃為遜所折辱，豈非天邪！」

初，孫桓別討備前鋒於夷道，為備所圍，求救於遜。遜曰：「未可。」諸將曰：「孫安東公族③，見圍已困，奈何不救？」遜曰：「安東得士眾心，城牢糧足，無可憂也。待吾計展，欲不救安東，安東自解。」及方略大施，

❶馬鞍山：在今湖北宜昌市西北。❷鐃（náo）：一種樂器，似鈴，有木柄，行軍打仗時擊之以止鼓。❸安東：安東中郎將的簡稱。孫桓為孫權的族姪，當時任此職。

員將潰兵丟下的鐃、鎧甲擔至隘口焚燒，以阻擋後面的追兵，劉備才得以逃進白帝城。蜀軍的舟船器械、水軍步兵的物資，一時之間幾乎全部損失，屍骸漂流而下，塞滿了江面。劉備非常慚愧憤恨，說：「我竟被陸遜所侮辱，豈不是天意嗎！」

起初，孫桓分兵到夷道討伐劉備的前鋒，被劉備軍所包圍，向陸遜求救，陸遜說：「還不能去營救。」諸將說：「孫將軍是公族，被包圍處境困難，為甚麼不救？」陸遜說：「孫將軍在士兵中很得人心，城池牢固，糧草充足，沒甚麼值得擔憂的。等我的計策實行了，即使不去救他，他也自然會解圍。」及至方略施行，

備果奔潰。桓後見遜曰：「前實怨不見救，定至今日，乃知調度自有方耳。」

當禦備時，諸將軍或是孫策時舊將，或公室貴戚，各自矜恃，不相聽從。遜案劍曰：「劉備天下知名，曹操所憚，今在境界，此強對也。諸君並荷國恩，當相輯睦，共翦此虜，上報所受，而不相順，非所謂也。僕雖書生，受命主上。國家所以屈諸君使相承望者，以僕有尺寸可稱，能忍辱負重故也。各在其事，豈復得辭！軍令有常，不可犯矣。」及至破備，計多出遜，諸將乃服。權聞之，

劉備果然崩潰逃走。孫桓後來見到陸遜，說：「先前我的確抱怨您不來相救，只是到了今天，才知道您調度有方啊。」

當抵禦劉備時，將軍們有的是孫策的舊將，有的是公室貴戚，各人都因有所仗恃而自傲，不服從陸遜指揮。陸遜按劍說：「劉備是天下聞名的人，連曹操也害怕他，現今就在我們邊境，這是一個強大的對手。諸君都蒙受國恩，應當和睦相處，共滅此敵，對上報答所受的大恩，而你們卻不服指揮，太沒有道理了。我雖然是書生，但我是受主上的任命。主上之所以委屈你們，使你們受我指揮，是因為我多少有點可稱道的地方，能夠忍辱負重的緣故。各人

曰：「君何以初不啟諸將違節度者邪？」遜對曰：「受恩深重，任過其才。又此諸將或任腹心，或堪爪牙，或是功臣，皆國家所當與共克定大事者。臣雖駑懦，竊慕相如、寇恂相下之義①，以濟國事。」權大笑稱善，加拜遜輔國將軍，領荊州牧，即改封江陵侯。

……

❶ 相如：藺相如，戰國時趙人。趙惠文王得到楚和氏璧，秦昭王聽説後，強行索取。相如奉命出使秦國，勇鬥秦王，完璧歸趙，被任命為上卿，位在名將廉頗之上。廉頗不服，聲稱要當面侮辱藺相如。相如以國家利益為重，退讓不爭，終使廉頗感動，負荊請罪，二人成為好友。寇恂：東漢初人，為潁川太守。執金吾賈復的部將在潁川殺人，寇恂將此人處死。賈復過潁川，説要殺死寇恂，寇恂躲避不見。後來光武帝為二人和解。

有各人的職責，怎可推辭！軍令是有規定的，你們可不要違犯了。」等到打敗劉備，計策大多出自陸遜，諸將才心服了。孫權聽説之後，説：「您當初何以不向我報告諸將違抗指揮呢？」陸遜回答：「我所受的恩德深重，肩負的責任超過了我的才能。而且這些將領們有的可以任作心腹，有的可以做戰將，有的是有功之臣，都是主上應當與他們共同完成大業的人。我雖材劣性懦，但私下仰慕藺相如對廉頗、寇恂對賈復的忍讓精神，以完成國家之事。」孫權大笑，稱讚他做得對，提拔他為輔國將軍，兼荊州牧，並就其所駐之地改封為江陵侯。

……